Missing
You

总有那么一刻，你放不下一个人

老丑 等著

民主与建设出版社

再等一秒，没准天荒地老。

总有一首歌，在回忆里单曲循环。

目录
CONTENTS

希望你是温暖的，有人陪伴的。

总有那么一刻，你放不下一个人

路过凤凰的爱情

文 / 陈不染

森森说，她命中缺水，所以她父亲给她起了这个名字——崔淼淼。

遇到淼淼是在我独自去凤凰古城旅行的火车上。火车从广州始发，一路北上，到湖南境内已是凌晨，每一站都有一大拨人下车，然而却只有零星几人上车。车厢从拥挤到空寥，天色从黑暗到晨光。火车穿过一个又一个黑暗的隧道，冲破一村又一村的静谧。到了怀化站，定员128人的整节车厢只剩下我一人了。怀化是一个大站，也是全国各地到凤凰古城的主要中转站，要停十五分钟。当我以为我将承包整节车厢到吉首时，一个女孩匆匆忙忙地跑上车。她没有看车票上的座位号，急匆匆地跑到我面前，问我："你好，请问你有没有移动充电器？"

她坐在我对面，用我的充电宝给手机充电，自我介绍了她那如汪洋泽国一样的名字。她还说，崔淼淼听起来跟崔莺莺有异曲同工的感觉，都像是悲情女子的名字。

她焦急地尝试着将沉睡的手机开机。她说，要是手机再开不了机，她就不知道怎么去凤凰了。她说来得匆忙，什么都没有准备。

只是一边走，一边查路线，偏偏手机还没电关机了。我让她放心，因为我也去凤凰，可以做伴同行。她开心地笑了，笑起来特别像刘亦菲，有一种仙气的美。我这才打量了她：穿着淡白色的棉布长裙，梳着一条又黑又长的麻花辫，肤白唇红，干净自然，就像是从安妮宝贝的书中走出来的女子。

森森问我为什么去凤凰，我说前不久看到凤凰被洪水淹了，我怕再不去就看不到了。她若有所思地点点头。我也问她为什么去凤凰，她想也不想就说，因为我命里缺水啊！

一个半小时后，我们一同在吉首下了火车，然后我带着她从吉首坐了一个多小时的汽车到达凤凰古城。可以看出，她这次真的是说走就走的旅行，什么都没有准备，背上背包就出发了。她说，她读大三，在家乡所在的城市上大学，独生女，从来没有一个人出过远门。从天津到怀化，相隔 2251 公里，K 字头的火车缓慢地开了三十二小时，由于太匆忙，她只买到了站票。在拥挤的车厢里，她大多数时间都是站着的，偶尔蹭蹭座，一路上只是草草地吃了两盒泡面。

到达凤凰已是晌午，我让她跟我一起入住订好的旅馆，她却坚持要去住一家十人间的青年旅馆。

黄昏时分，我独自在古城内的青石板街道上游荡，沿着沱江看对岸的吊脚楼，回忆着沈从文笔下的湘西，想要把书中引人浮想的景物对号入座。

突然接到森森的电话。她说在青年旅馆做好了饭，让我过去吃。

那是一家非常文艺的青年旅馆，一面淡蓝色的墙壁上挂着很多摄影作品，还有一个嵌墙的大书架。这里还有咖啡卡座和小舞台，舞台上有架子鼓和吉他。看得出来，这是一家有情怀的旅馆。

而森森就好像本来就生活在这里一样，她的气质与这里如出一辙，浑然天成。她像女主人一样端出六菜一汤，招呼着旅馆老板和其他同住的人一起用餐。不过是寻常的家常菜，可是吃起来贴心贴胃的，大家都赞不绝口。旅馆老板说，本来他这里还有一个长住的歌手，可是他今天跟女朋友出去约会了，他真是没有口福了。

饭后，与森森一起在沱江边上散步，看着两岸的建筑从华灯初上到灯火璀璨，白塔、虹桥、吊脚楼被灯光勾勒出美丽的轮廓，倒影在夜晚平静的沱江里，岸上美丽如画，水中别有洞天，煞是美丽。我和森森都被眼前的美景折服了，坐在岸边的石板凳上谈天说地，一坐便是一个时辰。将近9点时，森森一扫方才的闲散，一脸诚恳地对我说："陪我去酒吧，见一个人。"我本来还不舍得这眼前美景，但她那楚楚可怜的眼神，让人无法拒绝。

那是一家清吧，灯光昏昏暗暗，影影绰绰。她拉着我，在靠近舞台的吧台前坐下，点了一杯苏打水。一刻钟后，轻轻的音乐声响起，一位奇装异服的歌手抱着木吉他哼唱着民谣，歌声低沉却又动听。酒吧里的人开始靠近小舞台，围着圈儿观看，森森也拉着我站在前排，她如同一个忠实粉丝一样注视着舞台上的歌手。

时光已逝永不回
往事只能回味

忆童年时竹马青梅
两小无猜日夜相随
春风又吹红了花蕊
你已经也添了新岁
你就要变心
像时光难倒回
我只有在梦里相依偎
……

这是一首朗朗上口的民谣歌曲，歌词不多，反复吟唱却非常动听。

期间，森森很认真地听着歌，别的观众都跟着节奏轻轻地打拍子，她却一动不动。我以为她听得入迷，谁知道侧头一看，她脸上闪烁着泪光。

表演完毕，歌手谢幕后，森森擦了擦脸上的泪水，坐到卡座上，她说想喝酒。我想要拦着，却再次被她楚楚可怜的眼神打败，叫了两杯鸡尾酒。森森一饮而尽，开始跟我诉说她的故事。

原来，刚才演唱的民谣歌手叫大海。早在两年前，她与他在网上相识，大家都爱好民谣歌曲，共同的爱好让他们有着说不完的话题。网络里的大海忧郁又深沉，但一旦说起民谣就滔滔不绝。他还时不时地上传他翻唱的歌曲，声音低沉而有味道。情窦初开的女孩情愫暗生，撒下了暗恋的种子，迅速地发芽生长，在心里开成一朵苦莲花。她命里缺水，一度认为大海就是上天派来滋润她的水。可是郎不懂妾意啊！直到数日前，大海新上传的演唱视频里多了一个女孩，他们默契地合奏着，眉目间都是爱情，宛如一对璧人。森森流着泪听完他那首新歌，喉咙像卡住了鱼刺一样，难受又无法自拔，心也碎成玻璃碴，刺痛着五脏六腑。

她痛定思痛，决定来他驻唱的凤凰古城酒吧，真真切切地见他一面。

然而，就像刚才那样，她站在最前排，他却没有认出她。他怎么可以认不出，这个梳着麻花辫的女孩，就是在他难过时彻夜陪他视频聊天的女孩。他哪里知道，他在她的朋友圈里有单独的分组，只有他才能看到她的自拍照。可是，她就在他面前，他却视若无睹。

当晚，森森有几分醉意。夜空下起了大雨，我们在雨中奔跑着回到我住的旅馆。她说，连天空也为她流泪。我说，是天空为你洗礼。她说，对啊，明天又是一个全新的我。夜里，她像个小猫一样弯着身体入睡，好像是向自己索取最后一丝温暖一样。

次日清晨，森森很早就醒了，她梳洗干净，依旧编了一条长长的麻花辫，好像昨天什么都没有发生过。她说，来到凤凰，一定要看看清晨的凤凰古城，便拉着我出门了。

也许是昨夜下了雨的缘故，清晨的凤凰古城烟雨蒙蒙，沱江河水潺潺流淌，吊脚楼和大水车在烟雾中若隐若现，仿如仙境。行至码头，已有艄公撑着乌篷船在等待着清晨的第一位乘客。我们坐上船，泛舟沱江，森森调皮地走到船头要艄公教她划船，她纤瘦的身子背对着我，长长的麻花辫甩到背后，她的背影像极了《边城》里的翠翠。

　　尔后，森森拜托我到她住的那家青年旅馆退房、拿行李，她说那是他住的旅馆，她不想回去了。她还说，昨天做的那几道菜，全是他爱吃的，她是做给他吃的，可是他却没来吃。她走过他每天走的路，看完他每天看的风景，她要与这里的一切告别了。

　　我庆幸森森没有亲自回去退房，因为我到的时候看见大海和一个女孩在院子里亲吻。我有意无意地跟旅馆老板闲聊，老板说这个唱歌的男孩准备和女孩回老家结婚了。

　　我送森森到桥上拦车，她坐上车后跟我挥手说再见的同时，顺手把手机扔进了沱江里。

　　此后，我再也没有联系上这位麻花辫女孩，却永远记得她在爱情里的姿态。

　　近日，闺蜜生了一个小女婴，也是命里缺水，让我帮忙起名。我研究了五行，好想告诉森森，你命里缺水，而金生水，你要找的人不是大海，而是带金的男子。森森，我不知道你现在身在何处、情系何人，但我真心希望你能遇到你的金玉良缘，为你缺水的命里供养出源源不绝的活水。而你，还是梳着长长的麻花辫，浅笑嫣然。

吃火锅的姑娘

文 / 庄姜姜

据说那些文艺又有腔调的姑娘，最终往往带着她诗人般汹涌的浪漫和歌者般自由的灵魂，跟了个实在又嘴笨的男人。

这便造就了一种神奇的萌感。

比如，当文艺的姑娘以为男人在餐桌上拿起纸巾是要为自己擦去眼角伤感泪花的时候，实在的男人却用纸垫着把一个鸡腿塞进嘴巴里。

又比如，拧巴的姑娘在关于远方的梦想里慢慢感到了一种虔诚的悲伤，这悲伤令她一言不发，而实在的男人却无论她多么冷淡，还是一遍遍暴躁又执着地问："咋回事吗？饿了还是怎么了？"

这种神奇的萌感，在我看来，完胜三十厘米的"最萌身高差"。

假如一定要用言语将萌点描绘出来，我想大概是——

两个如此不同却又同样如此可爱的人，就这样轻轻松松热热闹闹地找到了那个让她学会美满，让他懂得浪漫的另一半。从此，过上了幸福的生活。

这是我所能够想象出的，平淡生活中最最可爱的一种奇迹。

小字母姑娘就是这么一位文艺又有腔调的姑娘。

她的男友米非，则是一个特别实在又特别嘴笨的人。

虽然拥有了小字母，令他眼中原本简单的世界变得缤纷了很多很多，他还是不怎么善于用语言表达内心的幸福。

不过，也因为拥有了小字母，令原本特别特别简单甚至有那么点儿呆的米非，时常会不由自主地冒出些浪漫的念头来。

比如，他会将自己呆呆的样子用十二张拍立得相纸拍出来，每一张的背面画上一个月的月历，并且十分贴心地用红笔标注出小字母的生理期。

又比如，他会自己跑去帮小字母注册电影论坛的账号，然后密码提示问题是"你最爱的男人"，答案是自己的名字。

正是这些闪烁着神奇念头的每一天，让米非原本普通的生活变得充满了幸福。

而那些灿烂而充满想象的念头，每一个都是关于美好的爱情。

2009年的夏天，米非已经和小字母姑娘在一起。

他21岁，小字母19岁，街上的香水菠萝四块钱一个。

他最喜欢牵着女朋友柔软的手去吃好吃的，看她的小嘴巴在食物面前开心地笑成一个弯弯的U。

小字母姑娘拥有世界上最可爱的嘴巴，因为它长在世界上最可爱的小字母姑娘脸上。紧闭的时候是温柔的海岸线，噘嘴的时候像微微涨起的潮汐，亲米非的时候就嘟起一朵粉红色的小浪花。

小字母姑娘最爱听的是民谣，最爱逛的是游乐场，最爱看的是文艺片，最爱吃的是火锅，最爱的是米非。

可是米非只喜欢听摇滚，米非不爱去游乐场，米非最烦文艺片。

所以在一起的第一个月里，他就陪小字母姑娘吃了十七次火锅。

麻辣的，青椒的，菌汤的，海鲜的，沙嗲的，咖喱的，煮鸡的，捞猪蹄儿的，啃鹅掌的……

层出不穷，光怪陆离，飞禽走兽，令人发指。

一个月以后米非的嘴巴已经难以分辨任何食堂饭菜的味道，小字母看着他嘴上起的大泡，可怜巴巴地拉着他的手。

她说对不起亲爱的，拽着你每天净吃火锅了。

米非亲她一口，说，我乐意。

在一起的第三个月，他们已经吃完了一整个夏天。

盛夏吃火锅是件燥热的事情，尤其对于不怎么爱吃火锅的米非来说。

而对面的小字母则会一次次认真地把长发扎起来，噘着小嘴巴品尝刚刚涮好的一大筷子肥牛。无论一个星期吃多少次，她脸上的神情依旧带着初恋一样的虔诚。然后她会慢慢抬起可爱的脸，说你快吃呀。

20岁的米非在送给与小字母交往的一百天礼物里写了一张小卡片：无论吃的是火锅还是大便，只要看到你的脸，我就永远不会厌倦。小字母姑娘拿到卡片，笑得倒进他怀里："笨蛋，真恶心。"

当然，爱情生活也并非全然都是喜悦。

文艺姑娘和实在青年的搭配，有时也会被一股莫名其妙的"劲儿"搅和得令人心烦意乱。

在一起半年的时候，小字母突然严肃地拉着米非在公园里坐了很久，然后她突然开始了哭泣。

"米非，你是不是其实一点儿都不喜欢吃火锅？"

"……还可以吧，不讨厌，都可以。"

小字母越发哭得伤心起来："我希望你跟我在一起永远开心，可是你喜欢的事情我都不会，我会的事情你都不喜欢。你看你因为吃火锅都长了这么多痘痘了，就连这件事情我们都没法总是一起去做。

"或许除了知道我爱吃火锅以外，你甚至不怎么了解我。你不知道我喜欢什么颜色也不知道我什么时候会突然悲伤起来，你只是因为一股随性的喜欢支持着你和我在一起。等到这喜欢退去了，或许你根本不会记得我的样子。你只会记得曾经你的青春里狠狠吃过半年的火锅，火锅的蒸汽后面似乎坐着个面目模糊的女孩。

"我们太年轻了，我们不可能吃着火锅就快乐地过完一辈子。"

米非愣愣地坐在她旁边，不知道说些什么。

时间慢慢路过他们身边，空气被沉淀在泥土下面。

后来太阳下山了，他们离开了公园。米非第一次看到小字母脸上寂寞的忧伤，她垂下的眼睛像一尾沉睡着没入海底的鱼。

睡不着的晚上，米非翻来覆去地想。

他试图想出一个让小字母姑娘不再难过的办法，但他脑中只是一遍遍出现她淡而软的眉毛，可爱的嘴巴，还有流水一样悠扬的肌肤。

后来米菲买了一只米菲兔子的玩偶送给她，呆呆的米菲兔有一个画着小叉叉的嘴巴。

小字母愣了三秒钟，然后扑到他怀里："笨蛋笨蛋，你是把自己送给我了吗？"

米非大度地笑笑："走吧，去吃火锅。"

事后小字母不好意思地说，我肚子不舒服的时候会很不开心。

米非说，嗯……

在一起一周年的时候，米非给小字母送了一束羊肉卷摆出来的花。

小字母擦着眼泪把花吃完了，坚持都是自己的，一点儿都没给他分。

米非在火锅的雾气里注视着对面认真在吃的女朋友，咬着筷子心想——不给我吃肉都显得这么可爱，一定是真爱吧。

然后他意识到，自己也已经开始很喜欢吃火锅了。

2011年，米非毕业，小字母留在学校还要再念一年。

他找到的工作在遥远的城市，小字母眼泪汪汪拉着他的手不让他走。

最后还是走了，选择了比起飞机更显缠绵也更便宜的火车，用省下的钱陪小字母吃了一顿昂贵的海鲜自助火锅。

送别的时候连眼泪都来不及掉下，列车就已经飞奔出去。

只看得到小字母姑娘在站台外面轻轻地哭，眼泪在他心里滴成一面没有尽头的湖。

见不到米非的日子，小字母难过得像一只病了的小猫。

后来这个比喻不再仅仅是个悲伤的比喻——她在秋季染上感冒最后发烧病倒了。

一个人打吊针的早晨和下午，米非都努力用短信哄她开心，而小字母还是会捂着肿起来的手背哭着给他打电话："我不要你了，生病都是我一个人，我不要你了。"

可是哭完的小字母再过半个小时，还是会乖乖地说"亲爱的对不起"，然后乖乖地自己回到宿舍，继续给米非在淘宝上买衣服和好吃的寄过去。

就像数年前生理期前夕的夜晚，她就算说出了无数悲观的话，米非依然是她心里最乐观的幸福。

后来的那个春天，米非吃完饭和楼下大叔打了会儿乒乓球，然后得了阑尾炎，然后米非也一个人去打吊针。

　　小字母姑娘在电话那边哭得快昏过去，然后用所有的钱买了一张火车票坐去他身边看他。

　　在病床前小字母眼泪唰唰唰往下掉，皱着鼻子说不出话来。

　　似乎她坐着这漫长的火车，穿越大半个中国，只是为了来轻轻拉着他的手。

　　他甚至因为阑尾炎不能陪她吃火锅，她就陪他喝了三天的稀饭，然后拎着大包小包坐飞机回去。

　　飞机票是米非坚持买的，不然他应该会因为小字母姑娘要独自坐一夜的火车回去而心疼得再次躺回医院里。

　　2012 年的时候小字母姑娘毕业。

　　米非调换了工作，两个人终于在一个城市。

　　他们每天在同一个清晨里起床，看同一片天空的日落，每周一起吃爱吃的火锅。

　　直到今天，在我们讲这个故事的时候，米非依旧日日牵着小字母的手，在每一个下班后的傍晚带她去吃好吃的。

　　黄昏的颜色染在她的脸上，她嘴巴上的微笑仍然像他们第一次见面那样，可爱得让米非发呆。

　　这也许只是一个特别特别简单的爱情故事。

浪漫天真而又爱吃火锅的文艺女青年，真诚简单而又幸运地遇见了疼爱女孩的年轻小伙子。

他们就这样吃着火锅唱着歌，快快乐乐到永远。

有时候也会吵几句嘴，那些争吵的别扭和小脾气同羊肉片一起煮进热腾腾的麻辣锅里，捞出来时，又是热恋的火辣香鲜。

俗世有时会令人疲惫，甚至消耗至脱力。

悲伤有时会让人抑郁，甚至怏怏至低迷。

相信我，这些我都知道。

可是你一定要相信——幸福，永远可以将这些所有的不快乐稳稳击败。

因为世界上总会有那么一个人，对你永远温柔，让你永远快乐。

什么时候遇到，怎么遇到，都不重要。

争吵完了还是会想念，在一起做什么都不会厌倦。

实在又靠谱的小伙子会遇见他的那个女孩，然后拽起她的手——

走吧，我想让你嫁给我，好让我天天可以看到你。

文艺女青年则会遇见走进自己心里的那个人，然后对他说——

青春若不老年华，霓虹灯似倾城日光。让我陪你到明天，请你带我到远方。

立秋

文 / 陆宝

今天早上，我穿着无袖衫和短裤出去买煎饼果子，一出门，整个人就被凉风吹得怔住。我忽然意识到，原来秋天真的来了，迅猛地，安静地，让人毫无防备。

我接下来要说的这个故事，始于盛夏，逝于秋初，过程短暂得就和男主角的头发一样，然而却余音绕梁。

1

故事中的女主角叫弋阳，我和她大概认识了有四五年的时间。

她是南方姑娘，长发，瓜子脸，笑起来时眼睛弯得像月牙儿。弋阳是学舞蹈的，身姿婀娜。我喜欢端详她的照片，总感觉赏心悦目。

学舞蹈其实是一件枯燥乏味的事儿，女孩子们小小年纪背井离乡，最好的年华都在排练厅度过。闲暇时，这帮女孩儿喜欢聚在一起看综艺。

有一次，她跟着室友一起看一个叫《Super Man》的竞技类综艺节目，忽然看到花絮里，一群人围坐在一起闲谈，其中一个瘦瘦高高、头发短短的男生入镜，他安静又坚硬笔挺地端坐在那里。就是那样一个坐姿，弋阳就忽然喜欢上了。

"唉，这个男的叫什么呀？"弋阳饶有兴致地问。

"烨霖啊，你居然不认识他，最近可火了，微博热搜榜上经常有他。"室友大惊小怪，看弋阳的眼光就像在看原始人一样。

从此以后，她便记住了他的名字，烨霖，光明和雨露的意思，寓意真是美好。弋阳经常混迹于各个论坛搜索他的信息，只要是关于他的，她什么都想知道。

2

"我满脑子都想着他，所以晚上做梦便梦到了他。"弋阳在向我叙述这个故事时，提起他，还有些微微的激动。

"梦到了什么场景？"我好奇又三八地追问。

"梦到他抱我了，在一扇大门下面。"弋阳补充着细节。

大概是念念不忘，必有回响吧。幸运之神以一种让人无法预料的方式眷顾了她。

有一天，弋阳收到一条微博私信，有人自称烨霖的父亲，说看到她经常在网上给烨霖留言，他浏览了她的主页，觉得她漂亮大方，还有一些文化底蕴，就给了她烨霖的联系方式，让她联系烨霖。

弋阳感到这一切来得太突然了，她难以置信地拨打了那串数字，电话瞬间被接起。

"喂，哪位？"他的声音清朗又有礼貌。

是他，是他的声音，跟电视里一模一样。弋阳的手在发抖，微微用了些力气，才抓稳手机，不让它从手中掉落。她太惊讶了，这一切居然是真的。

因为惊讶得不知道说什么，她在他"喂"了几次之后，哆哆嗦嗦说了一句"不好意思打错了"后迅速挂断电话。

他居然回她短信了，说："没关系。"

真是一个认真又温暖的人呢，和他的荧幕形象丝毫不违背。

3

她加了他的微信，他第一句话便是："你是跳舞的呀？"

她说："对，我主修芭蕾。"

他打趣她是小天鹅，弋阳领如蝤蛴，踮起脚尖时的模样确实有着天鹅的优雅。

弋阳习惯晚睡，烨霖几乎每晚都催她早一些睡，然后次日早晨九点打电话叫醒她吃早餐。有一次，因为他的原因，他们聊到很晚，弋阳比平时晚睡了一个半小时。第二天，烨霖便在早晨 10 点 30 分的时候叫醒她，说想让她多睡一会儿，却又不纵容她就这么一睡不醒。

他的认真，体现在对时间的分秒必究上。

弋阳去外地公演，她将公演的视频录制下来，发给烨霖。烨霖说："好好好，好极了！真漂亮！"他搜肠刮肚，却一时间想不到别的形容词来称赞她的美丽，只是连声说好。

"如果有机会，你能专为我跳一场舞吗？"烨霖问。

"当然。"那时候的她，是坚信他们一定会有机会，会等到这个"如果"的。

就像《步步惊心》里，若曦教敏敏格格跳舞，四阿哥坐在观赏席上，表面不动声色，内心却早已向上天许了愿望，希望有朝一日，若曦可以为他舞一场。

4

弋阳飞去北京找他。

烨霖将他所在的地址发给她，弋阳折腾了一天，从市区奔赴郊野，终于找对了地方。

他站在大院儿门口迎接风尘仆仆的她，他们坐在门外聊了很多，有一搭没一搭。烨霖将自己从小到大的故事娓娓道来，弋阳则絮絮叨叨地聊着自己的人生。

大院儿门外住着一户人家，这户人家的老大娘热情地邀他们去她家里聊。

他们便进了老大娘的家里，坐在院落的长凳子上继续闲聊着，老大娘不甘寂寞地加入他们。她问弋阳："你们是很久没见面了吧？"

弋阳信口回道："是啊是啊，好几年了都。"

烨霖突然哈哈大笑，弋阳也笑起来。老大娘信以为真，便主动说要帮他们拍照。他们拍了很多张照片，弋阳给我看过几张。

照片中的弋阳每个角度都很漂亮，真正的美女便是拍照不挑角度，落在别人的镜头里也能美得自然，弋阳符合这个设定。而烨霖始终站得直直的，双手背在身后，他的五官棱角分明，嘴唇轻轻抿着，笑得腼腆。

这些照片至今都在弋阳的手机里，她为它们专门设立了一个相册。

烨霖说："没事儿就多看看，我又不能经常陪你。"

她要走时，烨霖突然说："抱一下吧，你折腾了一天，给你点安慰。"这句话可真像是一个偶像对支持自己的姑娘说的话，可下一秒，还没等弋阳反应过来，他就抱住了她，像是一个暖心的男友送别自己的女友那样。

在一个大门下，烨霖抱住了她。原来那场梦那么真实，是因为它不仅仅是一场梦，而是预言哪。

他抱她的感觉，与在梦中一模一样。

烨霖将自己的臂章给了弋阳，弋阳视若珍宝。返回北京市区的车上，她半途下车买水，却不小心弄丢了这个珍宝一样的臂章。司机和她一起找了好久，才终于找回。

弋阳回到市区的酒店时，已经是深夜，她辗转难眠，凌晨三点多，她发了一条微信给烨霖，烨霖很快回了。

"你居然还没睡？"弋阳很惊讶。

"你一个人在这里，我怎么能放心睡着呢？"他回。

5

弋阳和烨霖聊完了人生，便开始聊生活与兴趣喜好。她和他是很不一样的。

　　她的人生是精致的,他的人生则困在那个院子里,朴实如一日。渐渐地，无话可聊，彼此敷衍着。

　　有一天，烨霖说："我们彼此冷静一下吧，重新思考一下这段关系，其实我打算最近都不谈恋爱的。"

　　弋阳怔住了，却只是说："好。"

　　这样简单的一个字，她慎重了又慎重，他却觉得是敷衍到了极致。

　　他有些生气："你怎么那么无所谓，都不愿意挽留一下？"

　　弋阳说："我从来就不喜欢死缠烂打的感情。"

　　烨霖说："我不想只陪你一个夏天，我要一年四季都陪着你。"

　　"好。"她还是这一个字。

　　之前，烨霖的父亲微博私信她时，她觉得这像个骗局，便将私信截图发到了自己所在的粉丝群里，隐去了烨霖的联系方式，只问这个人真的是烨霖的父亲吗？

　　有一个粉丝无意间找到了弋阳的微博，看到了大量她记录的与他在一起时的琐碎细节，并且还有照片。这个粉丝将这一切公布分享出来，觉得弋阳当初在群里询问烨霖的父亲和现在在微博记录细节的行为，都是在炫耀。

一时间，弋阳的微博沦陷。

6

弋阳不是公众人物，从没遇过这样的事儿，她将这一切告诉了烨霖。

烨霖刚开始时安慰她不要在意，说不要回复，删了那些微博，慢慢地就好了。弋阳不喜欢这样的处理方式，她觉得自己并没有做错什么，为什么要忍气吞声呢？

弋阳微博下的回复闹得厉害，她和往常一样，向烨霖说着自己的委屈，烨霖终于疲累地问她："不是让你删了，不要再回复了吗？"

她和他第一次争吵，因为观念不同，或者说，立场不同。

他们在 8 月 8 日这一天分手，之所以记得这么清楚，不是因为"8"这个数字好记，而是因为这一天立秋。

烨霖对她说："今天立秋了，你看，我陪了你一个夏天。"

只陪了一个夏天，再也没有秋天、冬天，乃至春天了。

他说："你好自为之吧。"

他们互相删了对方的联系方式，再也没了联系。

《步步惊心》里，四阿哥是最后的赢家，但终究还是没有等到若曦为他跳一场舞。若曦穿越回了现代，四阿哥望着他的江山他的城池，黯然神伤。

这一场短暂的爱情到最后，烨霖还要前程，弋阳还有回忆。

人 总 有

认怂 的 时候

文 / 老丑

1

唐大柱，将近一米八的大个，身体敦实得很，虽然生在南方，却浓眉大眼，一副北方人的身段和相貌。

即便长成这样，说起怂，我第一个想起来的，也一定是他。

刚入职进公司的时候，他就呆呆地坐在我工位对面，印象里他的眼睛从未离开过屏幕，手指从未离开过键盘。

我是运营，他是技术，属于同一个项目部的不同小组，交集并不是很多，平时也很少搭话。

直到某天，我和同组的同事私底下商量打球的事情，他才跟我说了第一句话。

"你知道公司午休就一小时吗？"他在桌子下面踢了踢我的桌脚，故意压低声调。

"咋了？"我反问。

"没咋，没咋，就告诉你一声。"说完，他又连忙把脚收了回去，用略带谨慎的口气低声说，"你们不是打球吗，没事，就提醒下，注意看着点时间。"

"哦。"我淡淡地说。

不一会儿，他继续很小声地嘀咕道："当我没说好了。"

又过了半天，他又踢了踢我的桌脚补充道："嘿嘿，要是你老大问我，我就说不知道。"

屁大点儿事，倒把他吓得够呛。

我愣在座位上，面无表情，心里却对他默念了一万次怂包。

而他说完话后，仍旧一副面无表情的样子，眼珠直勾勾地盯着键盘，手里不停地敲着代码。

2

人的心理暗示作用总是很强的。

某个不认识的人，自从认识了以后，便会经常出现在你的视野里。

自从那次篮球事件以后，大柱的怂劲儿，也仿佛一天天在众人面前暴露出来。

比如部门聚餐，大家一起去饭店吃饭，偶尔遇到服务员迟迟不给上菜。

在场的急性子通常会拍案而起，而后和服务员吵，接着找来大堂经理；普通一点的，至少把服务员叫过来，接连催促几番；可大柱，从来都老老实实地坐在板凳上，一动不动。

有次恰巧也是上菜较慢，而我就坐他边上。

大家蠢蠢欲动的时候，我用胳膊肘碰了碰他，斜着眼问他，为什么每次他都不去催菜。

他没有看我，继续低着头玩手机，直截了当地回我："我可不敢。"

你怕啥，我问他。

"万一争起来，他拿把菜刀砍我咋办？"他回。

"咱这么多人呢！"我提高了声调，接着，在座的齐刷刷地把目光投向他。

再看他，仍旧玩着手机，巧妙地躲过众人的目光，并用一副爱搭不理的样子说："真出事儿了，不信你们不跑。"

一句话，噎得我满脸通红、哑口无言。

毕竟没出事，谁也证明不了谁会留，谁会逃。

然而，我们继续用很不屑的眼神看他，尽情地嘲笑他。

他却静静地低着头，不停地用手指左右滑动手机屏幕。

他耳朵里，像有一团棉签一样，把所有的非议，全部过滤掉。

3

再后来，公司换了好几拨员工，也换了好几个老板。

同一批来的老员工，好像除了我，就剩大柱了。自然而然，我和大柱走得也越来越近了。

但岁月仿佛不会让人突生棱角，只会让棱角越磨越平。

大柱还是那副怂样，我也没好到哪儿去，整天被老板虐得没脾气，心想熬过两年赶紧跳槽。

那段时间，我唯一的解压器可能就是大柱了，偶尔玩笑一下，嘲笑几句。反正他习惯了，反正他也没脾气。

不过半年前，大柱也跟我发了一次火。

这件事缘起于一次吃烤串。

不，真正的导火索应该是办公室上下级间的争执。

大柱是一个码农。一般产品经理给的需求，码农们几乎完全无条件执行。可最近部门却换了老板，而产品经理对部门老大并不是很服，从那以后，产品经理和老板开始轮番上阵，向开发组提出各种不同的需求。

懂行的人都懂，码农们最讨厌的是变换需求，其中的情况，和设计师不喜欢他人指指点点、厨师不喜欢食客挑三拣四类似。

于是老板上任不久，大柱便作为开发组公认人缘最好的人，和开发组组长一起去跟老板和产品经理谈判。

半个多小时的谈判过去了。进会议室前，两人义愤填膺，可出来以后，两人变得灰头土脸。

等再到工位的时候，老大开始又敲桌子又跺脚，用满口四川话嚷道："要晓得你是这副怂样儿，我一开始就不该带你过去！"

大柱仍是坐在他那台老台式机面前，盯着屏幕敲着键盘，一言不发。

原来在会议室里，大柱也真的一言没发。有什么事情需要对质的时候，他顶多点点头，然后继续闭嘴。

和想象的一样，他怕得罪人。

4

借着不爽的劲头，晚上他约我出来吃烤串。

没说两句，我莫名地提起办公室的事儿："要我，肯定站你们老大一边！"

他低着头，手里拿起一头蒜。

"咋的你也说点啥吧，表表态也行啊！"我说。

他低着头，把这头蒜掰成两半。

"你要这么搞，是害死你们组长了啊！"我继续。

他低着头，把掰好的蒜瓣一个一个剥了。

……

也不记得我说到了第几句，他剥了第几瓣，他突然站起身，把桌上的蒜瓣扑落一地，低头直视我的双眼大喊："胡说什么！"

这回，换我愣在原地，使劲避开他的目光。

尴尬了十几秒，大柱突然坐下，又拿起一头新蒜，边剥边说：

"你是没被逼到节骨眼儿上！"

那是我第一次听到大柱吼人，可能是他多喝了一点酒，也可能是他憋了很久的怨气有了发泄的由头。

我不知道怎么回他，只是一杯一杯地喝酒，吃串。

他什么都没有吃，也没有喝，只是坐在那里剥蒜。

5

后来的一段时间，我和大柱的关系似乎越来越远了。

可能除了那次争吵，也是因为我们和技术被分到了两个不同的房间，各忙各的，没什么时间。

再后来，听说他结婚了，还偷偷地把喜糖放在我们办公室每个人的桌子上。

我没有特意去他工位上道喜，只是在微信上说了一声。

他回复谢谢，然后又提起上次的事情，说哪天请我喝酒。

我本来把这句话当玩笑听的，没想到隔了几天，他倒真的约我出来。

喝酒是假，借钱倒是真的。

刚喝一杯，这怂包就憋不住了，怯怯懦懦地跟我说："丑哥，能不能借我点钱？"

"多少？"我问。

"两万。"说完，他又接着补充道，"没有那么多的话，拿一万也行。"

"你们码农还缺钱？"我笑笑。

"我老婆怀孕了，妊娠期贫血。"他倒了一杯，接着说，"在北三医，住了快一个礼拜了，钱快熁干了。"

"干熁着？"我问。

"过两天，她家里人就过来，把她接回去慢慢养。"接着又是一杯，他说，"但这些日子，怎么也得撑过去。"

"你老丈人他们才知道吗？"我纳闷。

"一开始没想告诉他们。"他使劲儿把杯子攥在手里，突然低下头，"他们本来就嫌我没出息。"

"那你爸妈呢？"我问。

"死了。"他答完，又喝了一杯酒。

那晚，换他一杯接着一杯不停地喝酒。

而我只是不断地问他问题，忘了喝酒，也没有吃菜。

6

陪他去银行取钱的时候，大柱突然问我："丑哥，你知道我为什么一直这么怂吗？"

我看了看他，愣了一下，假装不知道。

他抬了抬头，盯着我的眼睛说："我也想一狠心一跺脚就不干了。"

"嗯，我知道。"我转移话题，示意他别说了，"你媳妇回她家了，你以后怎么打算啊？"

"找机会跟着回去呗。"他苦笑着，"还有两个妹妹，在老家上学呢。"

我不知道该回他什么，安慰还是继续转移话题。总之那段日子，我想得很多。

洋葱是分层次的，或许人与人之间也是一样。

不管我们承不承认，这种生来具备的环境差异，多少影响着我们对待周围人的眼光和态度。于是这种心态，造成了各自态度的千差万别。

想想我初入职场的样子，壮志雄心，抱负远大，受不住环境的安逸，也耐不住老板的批评。

可几年过去了，我棱角磨平，学会了讨好、世故、逢迎，为车为房，甚至为一杯星巴克，我甘愿超时工作，忍气吞声。

虽然没有大柱那样，怂得夸张，但和当初的样子相比，如今的我早已溃不成军。

如此说来，我倒是挺羡慕大柱的，他怂得彻底，怂成了一种姿态。

7

在我最缺钱的时候，大柱终于把钱还给了我。

他说，他不确定自己还能不能继续留在北京了，毕竟老婆那边急需人手照顾。

我问他是否需要帮忙。

他则推了推我，说他这边的事情已经料理好了，什么都不需要了。

喝醉的时候，他突然开起了玩笑："丑哥，你为什么要装呢？"

"我怎么装了？"我反问。

"你很有钱吗？"他说。

"这跟装不装有什么关系？"我问。

"如果我这钱不还你直接跑了，你咋办？"他一把搂住我的肩膀，反问我说。

"不还就不还呗！"我笑着说。

"两万块钱，说不还了就不还了？"他松开我的肩膀，拍了拍我接着说，"咱俩又不是啥生死交情，你这话太假了！"

"那你说，我该咋办？"我问。

"要是我，我认怂！"他顿时很清醒，"我这钱根本就不借！"

"服！"我说。

"就算借，最起码也该立个字据吧？"他仿佛接受了我的讽刺，继续自信满满地笑着说，"你是没吃过大亏。吃过了你就知道了，有时候装怂比装横强。"

当时我也喝多了酒，半醉半醒间，就当成玩笑听了。

可事后想想，没凭没据地就借给人家万儿八千的，也真是疯了。

我倒吸一口冷气，庆幸自己没花一分钱，却买了两万块的教训。

8

前些天打电话，大柱已经提走公积金，离开了北京。

恰巧，那天也有另一个同事离职回南京老家了，所以从早到晚，我心情都不好。

下班挤地铁的时候，我后面正好一个人用胳膊肘顶着我。

按我平时的性格，这种情况，我是要回顶一下的，再不济也要回头说两声。

但我那天不知怎的，耳边一直回响着大柱跟我说的话。

就这样，我从知春路，忍到了海淀黄庄，等下车的时候，我猛地一回头，才发现后面顶我的那个人，正是我当天刚谈好的一个推广的合作。

我装作不认识他的样子，匆匆地下了车。

该认怂的时候就认怂。

印象中，那是大柱给我上的最有意义的一堂课。

二见钟情

文 / 樊依涵

1

林沁雯笃定自己这辈子都是为了得到柯泽远的注意力而活的。

譬如大半夜的跑出寝室放烟花，然后一鸣惊人，只为让他嘲笑自己一下；譬如大冬天的穿着短袖吃雪糕，然后重感冒在医院待了一星期，只为让他来看自己一眼；又譬如没事找事在交警严打酒驾的时候故意喝一杯啤酒过马路，只为被闻讯赶来的柯泽远骂得狗血淋头。

当然这些和她不顾一切，一路尾随柯泽远去美国，然后又坐了十几个小时的飞机哭了一路偷跑回来相比，都不算什么了。

当她披头散发，大大的眼睛肿得睁都睁不开地出现在众人面前时，那副宛如贞子附身的凄惨模样，连一向看她不顺眼的老爸都瞠目结舌，吓得连准备破口大骂的冲动都硬生生给咽了回去。

没人知道她在美国的时候发生了什么，家里人将美国最近一年发生的所有不好的新闻都翻出来仔细阅读了一遍，甚至请侦探去她待过的地方仔细调查过，也没发现任何不妥。老爸也就懒得追究她的莫名其妙了。

但就在大家打算无视她的存在放任自流时，林沁雯又像打了鸡血一样宣布自己要重新振作。振作的方式是她要进律师事务所，理由是柯泽远回来了，她要和他当同事。

2

正巧赶上律师所招人，林沁雯摇身一变就成了柯泽远的同事，并且被分到同一个部门。

第一天上班，两人就闹得很不愉快。柯泽远甚至当着林沁雯的面告诉助手，下次再见到林沁雯，直接不让进来。

林沁雯被他这句伤人的话打击得自信全无，心情郁闷。下班后索性去了附近的一家酒吧，准备一个人躲在角落喝闷酒。

酒壮怂人胆，迷迷糊糊地竟然任由一个陌生人将她拉出了酒吧。

离开酒吧让人窒息的空气后，林沁雯一下子清醒了不少，忙挣扎着想离开那个人，可惜酒喝得太多，身体软绵绵的不听使唤。她越是挣扎，那个人就越是兴奋。林沁雯已经明显察觉到了从那个人身上传递过来的危险，嗓子都喊破了却不见一个人朝这边巷子口望望。她开始绝望了，颓然地任由那个人将她推倒在墙角。

就在这时，她突然听到那个人痛苦地喊了一声，离开了紧贴着她的身体。迷迷糊糊中，林沁雯好像看到了柯泽远，他正和那个人扭打成一团。林沁雯不确定自己是不是又眼花了，只能傻愣愣地看着他们。然后她看到柯泽远将那个人打趴在地，径自朝她的方向走来。刚准备伸手扶起她时，那个人拿起一把刀飞快地朝柯泽远捅去。

林沁雯彻底清醒了，手忙脚乱地扶起柯泽远，眼泪又开始翻滚："都是我不好。"

"只要遇到你，我就倒霉，"柯泽远痛苦地捂了一把受伤的腰部，无奈道，"如果你还有良知，放过我吧。"

3

距离太近，林沁雯想假装听不见都难，一张脸刹那间变得惨白，但还是不死心地问道："你就那么讨厌我？"

柯泽远抿嘴，看着林沁雯明明很难过却故意装作没心没肺的样子，一丝不忍的感觉竟然从心里一闪而过，声音也不自觉地变得柔软起来，"林沁雯，我真的没有你想象中那么好。"

"好不好只有我知道，"林沁雯懊恼地低声辩解，又怕影响柯泽远的心情，忙宽慰他，"你安心养病，这段时间我正好想回学校看看。"

"你要去美国？"柯泽远一路颠簸，终于不安稳地睡在了病床上，听她这么一说，差点没跳起来，"你才上了两天班。"

林沁雯削苹果的动作停止了，抬起头不明所以地看着他："你不是不想看到我吗？"

柯泽远想不通他上辈子究竟是多罪孽深重才能遇到这么笨的人。就算不想见到她，她也要把班上完啊。

好在林沁雯早就习惯了柯泽远对她的无语，高兴地将话题给接了上去："你是舍不得我吗？"

柯泽远再次无语，懒得搭理她，直接挥挥手下逐客令："我累了，你回去吧。"

林沁雯应了一声，乖乖地转身准备离开，在关上房门的时候还不忘回头叮嘱柯泽远小心伤口，注意安全。

柯泽远没有理会，闭上眼睛就睡着了。

一觉睡到上午10点，柯泽远精神抖擞地给单位领导打了个电话，随便扯了个谎说家里有事要请几天假。领导爽快地答应了，还让他好好养伤，等身体完全复原了再出院。

等等！

养伤、出院？

柯泽远明白了，他昨天的事情肯定被某人大嘴巴地宣传出去了。

下午下班的时候，同事们果然三五成群地涌到了柯泽远的病房。三姑六婆地一拼凑，故事的版本就变成柯泽远其实一直暗恋着林沁雯，却因为害羞不敢表白，只能默默尾随她回家暗地保护她。没想到林沁雯在回家的路上遇到了歹徒，于是他奋不顾身拼死相救，终于击退了歹徒，自己却也身负重伤。

故事的真相已然被歪曲成了一部狗血偶像剧，大家感慨完不算，还纷纷起哄让他们在一起。

柯泽远铁青着脸，林沁雯则娇羞地低着头。

4

柯泽远没有说话，林沁雯就当他默认，并且自动脑补他沉默是在变相接受她！

第二天一早，林沁雯不经领导同意，将自己的办公桌搬到了柯泽远的办公室里。她还请人将单位统一的灰色窗帘取下，换成了粉红色丝绸的宫廷风，又温馨又舒服。

柯泽远出院后，看到面目全非的办公室，差点没一口气背过去。

"林沁雯，你给我解释解释！"他铁青着一张脸，朝她大吼。

明明就是个惊喜啊，怎么会这样？林沁雯郁闷了："我以为你会高兴。"

　　"高兴！"难怪一进单位，同事们看他的眼神都很异样。柯泽远看着挤在门外偷偷看热闹的同事，本来还想给林沁雯一点面子，突然间就不爽自己被当成怪物了，恶狠狠地说，"从一见到你，我就没高兴过。这么多年，我忍你简直忍够了！你去美国是体验生活，我不一样，我的生活费是要靠自己打工补给的你知道吗？因为你的缘故，我隔三岔五被兼职的单位开除，一个月有二十天只能吃面包。因为你的缘故，我的律师证要延期，只能先回国上班挣生活费，你究竟要怎样才肯放了我！"

　　林沁雯被柯泽远暴怒的样子吓得不自觉地往后退了退，她只是想时刻黏着他，得不到他的关注，她就故意惹事来引起他的注意，她从没想过会把他害得那么惨。

　　"对不起，我不知道。"

　　"呵呵，"柯泽远冷笑两声，"你不知道的事情多了。你那有钱的爸背着你买走了我的感情，你不知道吧？他还许诺只要我和你在一起，负责包办我所有的学费，你不知道吧？"

　　林沁雯的心冷到了谷底，这些指责她真的不知道。当然，如果她知道的话，柯泽远也不会理睬她了。

　　"所以，林沁雯，请你放过我吧。"柯泽远说完，大步离开了单位。

　　林沁雯默默流着眼泪，收拾好东西也走了。一直以来，她都厚脸皮地缠着柯泽远，是因为每次闯祸柯泽远还肯搭理她。她以为他至少有那么一点点喜欢她，所以她不怕，她敢追。

今天，她第一次真真切切地看清楚了柯泽远的眼神，里面满满的全是厌恶。

5

冷静下来后，林沁雯又去找过柯泽远几次，每次都被他眼神中投射过来的冰刀刺激得狼狈而逃。

林沁雯确定，这次他是真的生气，不想搭理她了。如果不能拥有他，那至少也要尽全力让他得到幸福，不是吗？她决定离开，至少成全他的碧海蓝天。

她又去了美国，重新捡起中断的管理学。屏蔽掉一切和以前有关的人和事，将自己完全封闭起来。也谈过几次短命的恋爱，每次对方都被她若即若离、冷若冰霜的样子吓跑。还遇到过一个特别喜欢她的人，天天站在她家楼下等她，只为和她见上一面。这个人像足了曾经的自己，为爱不顾一切，换来的却是对方更加的烦厌。

林沁雯偶尔也会想到柯泽远，听说他很快就成了当地最有名气的律师，开了三家律师事务所。听说他过得很好，只是依然一个人。他们之间只隔了三条街的距离，她却失去了当初连飞十几个小时只为偷偷看他一眼的冲动。

时间总能抚平一切，伤口、激情，以及那些和青春有关的疯狂。

转眼间，奇葩姐林沁雯成了小林总，可以不靠父亲独当一面。她终于成了柯泽远眼里正常的人，却失去了爱人的勇气。

怕伤害，不敢爱。

所以，她自然不知道柯泽远在她离开后，会疯了一样开始想念她。习惯是个很可怕的东西，一旦习惯一个人在耳畔聒噪，突然间安静下来会感觉心里缺了点什么。

其实，柯泽远想过去找她，他试过询问她的朋友，都得不到确定的消息。找了很久才发现，这些年，像小尾巴一样跟在他身后的林沁雯，除了他，几乎没有和别人主动联络过。

他是她生命的全部。

得出这个结论，柯泽远的心剧烈地疼痛起来。这些年为了维护他寒门学子的尊严，他一次次对她恶言相对；怕别人不怀好意的猜测，所以一次次无视她的真心，却从来没想过她也是需要被爱护被尊重的。

柯泽远觉得，这个世界上都找不出比他更可恶的人了。

如果可以重来，他愿意换他去追她，将她受到的伤害都感受一遍。

他将房子买在离她家不远的地方，有空就在她家附近转悠，希望有一天可以看到她。终于等到林沁雯回国了，柯泽远鼓足勇气想去告白，却发现她身边走马观花似的围绕着很多男伴。

失去的不可能重来，柯泽远苦笑着，决定不去打扰她的幸福。

6

今天是林沁雯的生日，柯泽远提前推了所有的安排，偷偷躲在她家门后。

没有生日聚会，她家里居然连一个人都没有。

一直到接近凌晨，林沁雯才醉醺醺地回到家。走到门口的时候，她被石阶绊倒了，挣扎着半天没起来。柯泽远站在离她不远的地方，犹豫着要不要去搀扶，就听到林沁雯大喊道："柯泽远，你个浑蛋，我都受伤了你还不出现。"

柯泽远闻言，忙飞快地跑到她的身边。林沁雯这才破涕为笑："如果我没受伤，你打算这样默默地躲到什么时候？"

"我……"柯泽远无言以对，又好奇地问道，"你怎么知道我一直躲在你家附近？"

林沁雯嘟着嘴朝树边指去："我们小区的摄像头是 360 度无死角的好吗？我一直想看你打算别扭到什么时候，等了这么多年，都快等成大龄剩女了。如果今天我不主动戳破，你是不是打算一辈子这样耗下去啊。"

柯泽远呵呵笑了，突然又想起那个问题，他这辈子何德何能才能被林沁雯青睐有加！

又来了！

　　林沁雯实在不想和他纠结这个问题，站起身往家里走。柯泽远连忙道歉，表示以后不会再问。林沁雯这才笑了，因为喝酒的缘故，一张脸红扑扑的，让柯泽远忍不住凑上前亲了一下。

　　林沁雯被突然的幸福惊得瞬间石化，半天才回过神来弱弱地问道："柯泽远，现在你是不是有那么一点喜欢我了？"

　　柯泽远昏倒！不是刚才才约法三章以前的蠢问题都不能再提的吗？

　　"我只是不确定！"

　　"有那么一点点吧。"

　　"才一点点吗？"

　　"不止。"

　　"这还差不多。"

　　林沁雯满意地仰起头笑了笑，从一开始她就知道，柯泽远一定会喜欢她的。

　　关于这点，她一直很确定。

没有冰雪

我的世界

文 / 洛施

　　每一段记忆都是一座冰雕，如果躲在回忆里止步不前，当春暖花开、冰雪融化，刺骨的寒水就会将你淹没。没有人可以靠着回忆过日子，除了你。

1

　　阿布是我所认识的人中唯一一个可以贩卖回忆，靠回忆过日子的人。初遇他是在欧洲的一个小镇上。他是我在那个寒冷小镇上遇到的唯一一张亚洲面孔。那时的他正蹲在一块大冰块前，确切地说是半跪着，手中拿着刻刀和小榔头，神情专注地在敲打着。

　　"Are you Chinese？"我有些迟疑地靠近他问。

　　他抬起头狐疑地打量了我一番："你怎么不问我是不是日本人或者韩国人？"

　　"真的是中国人！"我喜出望外，惊讶不已。在这个偏僻的小镇上能遇到中国人，对我来说比收到任何贵重礼物还要开心。

"你叫什么名字？你来这儿多久了？"

"你是干吗的？学生吗？还是工作的？"

"你是中国哪里的？我是南方人。"

他的出现让我激动得有些失态，一连串的问题脱口而出，他却一个字都没有回答。我意识到自己太过聒噪，识相地噤了声。我裹紧自己的绿色风衣，蹲在他旁边，看着他专注地雕刻。

许是见我不再聒噪，他终于开口："你可以叫我阿布，我在雕刻记忆，我不介意你留在这里，但请你保持安静。"

那时候，我就觉得阿布是个特别的男人。他的脸和这个小镇的气候一样寒冷，表情里看不出一丝和善的温度。他冷漠的脸在雕刻的时候异常专注，也许，我正是被那样的他所吸引。

2

我的家乡是个四季温暖的地方。而这儿，却像是冰雪铸造起来的小镇。决定来这儿做交换生之前，我做了十足的准备和估算，但是却没有预计到欧洲居然有这么寒冷的小镇。我很怕冷，所以十分不适应这里的天气。刚到这儿的第二个星期我就得了重感冒，发起高烧，一度猜想自己会不会就这么死在异国他乡，冻死的。

烧得迷迷糊糊的时候，脑子里竟然会时常冒出阿布的那句"我在雕刻记忆"！

这是我听过的最奇特的话。

一直很想问记忆要怎么雕刻，是什么样的记忆让他如此念念不忘、耿耿于怀。但因为他让我保持安静，所以几度欲问出口，却又几度收回。直到同学找到我，将我带走，阿布都没有再抬头看我一眼。

我想了解的这个人，除了知道叫阿布，其余一无所知。

病在一周后痊愈。我和舍友巴拉嘟违反学校规定，偷偷收养了一只流浪猫。那是一只我和巴拉嘟都不知道品种的猫，灰色，很可爱。我和巴拉嘟都很喜欢。我坚持叫它阿布，巴拉嘟拗不过我，只能同意叫这个名字。巴拉嘟和我一样是交换生，一个皮肤黑到难以置信的非洲女孩，不过性格十分开朗，非常容易相处。她比我还怕冷，所以大多时候，除了上课，她只能窝在宿舍里吹暖气。用她的话说，走出这个门，真是一秒钟也不能活。

我也怕冷，但总想着出门碰碰运气。上次遇到阿布，是在学校不远处的一个空地。有点像停车场，很宽敞，但是却一辆车都没有，只有一地的冰块。所以，我总想着，是否能再次碰见他。

如我所料，阿布依然在那儿。这一次所雕的冰块已然不是上一次的那块。我不知道他的那些回忆雕好之后，被存放在哪里；也不知道他为什么总是在这里，雕着各种各样的冰；更不知道他做这一切的意义在哪里。对于阿布，我有着十分的好奇心。可是我知道阿布不喜欢被打扰。所以这一次我如同上次一样，静静地蹲在他身旁。我看着他将一大块冰块,渐渐磨出火车头的形状。

眼看快到自习课的时间,我站起身准备离开。整个过程中阿布总共就看了我一眼,没有对话。

"我可以问你一个问题吗?就一个!这是你的工作吗?"

"嗯。"

虽然阿布的回答简短到只有一个字,但是我却因为这一个字莫名地感到愉悦。

仿佛成为一种习惯,只要一有空我就会来这里看阿布。不知道用意是来看望他,还是陪伴他,但是我喜欢这么做。每次过来我只会问一个问题,而阿布也显得十分默契,每次只回答我一个问题。

一个一个答案堆积起来,成了我了解阿布的唯一途径。他叫阿布,26岁,来欧洲已经有七年了。是个职业冰雕师,或者我可以不客气地认为他是艺术家。他的作品会在市里的冰雕展上展览,供所有人观赏。他之所以选择这里,是因为这里有冰雪,并且安静。

然而,这些答案都不是我最想知道的。我最想知道的是阿布那段关于"回忆"的故事。可是每次想问的时候,总觉得还不到时机。

3

我和巴拉嘟收养流浪猫的事纸包不住火。学校是禁止养宠物的。学校发出警告，让我和巴拉嘟在两天之内将阿布送走。巴拉嘟吐吐舌头。她的意见很明显，三个字"无所谓"。无奈之下，我抱着阿布来到空地。

"阿布，可以请你帮忙收养这只猫吗？学校里不允许我们养宠物。"

"我不养猫。"

"求你了，否则它会很可怜，会冻死的。我们捡到它的时候，它就被冻得瑟瑟发抖。"我几乎是乞求阿布能收留这只猫。

阿布盯着我看了良久，又看了猫良久，终于答应收留。我千恩万谢地将阿布递到他怀里，准备离开。

"对了，它叫什么名字啊？"

"它叫阿布！"我飞也似地逃跑。我是真心怕阿布听到这个名字会揍我。

事实证明，他将阿布照顾得很好。

我问过阿布，什么时候可以让我看看他的作品。因为自始至终，我没有看到过一个完件的作品。阿布说："会有机会的。"

之前总以为阿布是指有空的时候会带我去市里看他的冰雕展。直到学校组织了参观活动，我才知道，阿布指的是学校会组织我们去。

"真不知道这么冷的天为什么学校会组织这么丧心病狂的活动！"巴拉嘟一路上都在抱怨。这次出门，巴拉嘟把自己裹成了熊，却还一直喊着"So cold"！尽管同学们都在议论冰雕展多么出名，多么伟大，多么震撼，但她对这次活动没有丝毫兴趣。她宁可宅在暖气房里。

"你住过冰雕酒店吗？"

"你见过冰做的埃菲尔铁塔吗？"

"你会为这里的冰雕艺术感到震惊的。"

似乎这样的参观活动，学校每年都会举行，就像风俗一样。同学们似乎也对冰雕有着浓厚的兴趣。

"你们听说过阿布吗？"我有些好奇地问。

同学们摇摇头。

我有些失望，不再说话。

"阿布是今年的新起之秀，好像今年的冰雕展里，就有一个阿布专区。你到时候可以特别关注一下。"老师突然走到我身边对我说。

我笑着说："谢谢，我会的。"

似乎我想要了解的谜底正在慢慢揭开面纱。我知道，我终于要去触碰他的回忆。阿布在我眼里，是一个典型的艺术家。他留着胡茬，穿着随意。大多时候头发和身上是湿漉漉的，不会刻意去整理，这样一个人走在街上，是略显邋遢和狼狈的。但是他半跪在冰块前的时候，却又是魅力无限的。

4

看阿布的作品，就像看一场电影。每一件作品，都有一个故事。把标签里的故事串起来，我终于明白阿布为什么说他在雕刻回忆了。

阿布的成名是必然的。这么多的冰雕作品，似乎都在比拼谁的作品更宏伟，谁的雕工最好，谁的作品有创意。唯独阿布，在用作品讲故事。

19 岁的中国男留学生，遇到了 18 岁的中国女留学生。两个孤单的灵魂在异国他乡彼此依靠、陪伴。一起过圣诞节，一起过情人节，一起滑雪，一起坐火车旅行。两个人在一起的甜蜜和辛酸，或许只有他们自己知道。

彼此互相依靠了整整四年，像亲人一般难舍难分。女孩爱上了音乐，开始在网上发布作品。男孩努力考研。最后，女孩的音乐被国内的经纪公司看上。女孩想回国发展，男孩虽然不舍，却也无力阻止。

两人虽然相隔万里，但是男孩依然坚持每天给女孩发邮件，女孩也都一一回复。可是后来，男孩就再也没等到女孩的邮件。直到有一天，一个陌生号码告诉自己女孩乘坐的那辆火车偏离了轨道。女孩去了天堂。

他在电话里泣不成声。

男孩放弃了考研，放弃了兼职，放弃了爱好，在混沌中度过了整整一年。

我观望着那架透明的钢琴，标签上介绍的是"欠她的礼物"。

其实这应该算是狗血的故事，可是依然看得我泪流满面。我知道，仅仅是因为男孩是阿布。若是别人，也许我会叹息，但我不会掉泪。

我在蒙眬的泪水里，继续观看。

一年后，男孩试图走出阴影。他选择了旅行，路过一个寒冷的小镇，冰冷的空气让他连悲伤的力气都没有。他觉得挺好，他喜欢上了冰雕。他可以用简单的冰块，刻画脑海中关于她的曾经。所有的回忆，就这样轻而易举被定格，被铭记。

回来的路上，我的心情和巴拉嘟一样沉重。巴拉嘟是因为无法接受寒冷的天气，我是因为阿布。虽然阿布看着很正常，但是显然他并没有从那段回忆里走出来，当他雕刻这些回忆的时候，是痛苦的。

5

当我再去看阿布的时候，心情是灌了铅一样的沉重。他依然保持着原来的风格，专注而迷人。见到我的时候，已经从原来的冷漠转变成打声招呼了。

这里的天气似乎在冬天定格。积雪还没融化，又下了起来。阿布的头发被雪染白，却还在专注着一块冰。我走到他身边，为他撑伞。

"阿布还好吗？"

"它很好，胖了！"

我不再说话，如往常一样，静静地守在他身边。

"丫头，你今天的心情不太好！"阿布突然说。

我有些愕然："我去看了你的作品展。"

"哦。"

话题止于此。他在雕刻他想要的故事，而我的思绪却在乱飞。阿布 19 岁出的国，遇到了他的爱情，也遇到了他人生的打击。而我今年也是 19 岁，我遇到了我的爱情，我爱上了阿布。等到我 26 岁的时候，又会怎么样呢？

我将伞留给阿布，准备离开，阿布没有抬头。

"为什么要雕冰呢？它总会融化的。"像是对阿布说，又像是自言自语。这些在脑子里转了几百遍的话语，突然就从嘴里蹦了出来。

阿布说："不会，因为这里永远有冰雪。"

"那回忆呢？所以连记忆也不会融化吗？"

阿布突然停止了敲打，他有些惊愕地望着我。大朵大朵的雪花让视线变得模糊，但是我依然知道他在看着我，我也在看着他。

良久的沉默，只有雪花飘落的声音，我们都无言以对。

阿布放下了手中的工具，撑着伞走到我身边："你什么时候回国？"

"下个月7号！三个月交换时间结束。"

又是良久的沉默。

"我走之前，为我雕一辆南瓜车吧？"

"好！"

我不知道这里的冬天是不是像阿布说的那样永远不会走，我也见证不到了。来的时候是冬天，走的时候冬天还没结束。我渐渐习惯了这里的寒冷，但是巴拉嘟似乎对这儿的气候忍无可忍，决定提早一个月回去。

我送她去机场。一路上她都很兴奋，完全没有不舍。

"我在这儿爱上了一个人，可是他活在回忆里。"

巴拉嘟并没有惊讶，而是真诚地看着我说："每一段记忆都是一座冰雕，如果躲在回忆里止步不前，当春暖花开、冰雪融化，刺骨的寒水就会将他淹没。没有人可以靠着回忆过日子，你再给他点时间吧！愿上帝眷顾你！"

除了抱怨天气太冷，这是巴拉嘟说过的令我印象最深刻的话了。

送走巴拉嘟我是不舍的。因为这意味着，那间宿舍，只剩下我一个人住了。难免觉得孤独。何况我是真心喜欢巴拉嘟这样明媚如阳光的女孩的。

巴拉嘟走后的第十一天，我收到了来自非洲的信。是巴拉嘟的照片，照片里的她穿着吊带和短裤，阳光落在她黝黑的肩头上。她就像朵黑玫瑰，绽放得十分美丽。她在照片背面写着："去他的冰雪，我爱阳光！"

我忍不住笑了，转头看看窗外，依然飘着小雪，不禁有些羡慕巴拉嘟。

6

我见到了我的南瓜车，美得不像话。我总觉得它闪着彩虹一样的光。阿布雕得十分精细，我甚至可以打开门，钻进去。

"你再不来，这南瓜车就要被我老板拉去展览了。"阿布笑着说。这是我第一次见到阿布笑，灿烂如阳光。

如果可以，我真的想把它运回国去，但是显然这是不实际的："如果拿去展，你会在标签上怎么写？"

"没想过！"阿布回答得很干脆。

心里有些不悦，甚至是悲伤，但是却找不出理由。

"你知道我为什么让你雕南瓜车给我吗？"

"丫头，无论为什么，请不要喜欢上我！"

我惊愕地愣在原地，准备好的话，就这样硬生生被阿布噎了回来。显然，他已经看穿了我的心思。我的脑子里突然一片空白，失去了所有反击能力。良久才回过神来。

"你还要在回忆里躲多久？我朋友说过一句话，她说每个人的回忆都是一座冰雕，如果躲在回忆里止步不前，当春暖花开、冰雪融化，刺骨的寒水就会将他淹没。没有人可以靠着回忆过日子。"

我不觉得我理亏，可是当我喊出这些话的时候，眼泪却莫名其妙地往外蹦。

"我让你雕南瓜车给我是因为灰姑娘是坐着南瓜车去见王子的，我想说我喜欢上你了！我给你时间考虑，我下个月7号9点的机票，如果你愿意接受我，那我们一起回去。"说完这些话我就哭着跑开了。我没有勇气再停留下去，我害怕再听到任何一句拒绝的话。

7

直到登机，我都没有等到阿布。这似乎是意料之中的事，所以我并没有很失落。从他抢在我表白前说让我不要喜欢他的时候我就知道了答案是怎样的。他不愿意走出那个冰天雪地的小镇，也不愿意走出那些被他用冰块凝固的回忆。他不接受我，也不接受我会带给他的新的生活方式。

回国后，我一直关注着阿布的Facebook。在他的最新作品展里，我看到了属于我的南瓜车。标签里，除了"作者：阿布"，再没有多余的字，也没有我期待的故事。我也从他的Facebook上看到了那只被我取名阿布的猫。它似乎很健康，比原来圆润了许多。阿布虽然说过他不养猫，但是却把阿布照顾得很好。

不久后，我收到了一个匿名包裹，里面是一只水晶猫钥匙扣。我知道这个包裹是阿布寄的，因为，水晶是最接近冰雕的。

巴拉嘟说没有人能靠着回忆过活。似乎是这样，每个人都在被环境催促着要向前看。但是阿布除外。他可以贩卖自己的回忆，他可以在回忆里止步不前，他可以靠回忆过活。

回国后，和巴拉嘟联系过一次。和她聊起阿布，她依然坚持，只要再给点时间，他会从回忆里走出来。我没有坚持和她争论。但是我心里知道，我的世界没有冰雪。

当时
锦衣薄

文 / 郁小词

母亲打电话来的时候，我刚躺到床上。

"喂，曼离啊，江流月住院了。"

我一下子坐了起来："什么？妈，怎么回事？"

母亲叹息道："你爸刚从医院里回来，看他很难过的样子。你说他狠不狠心啊，当着我的面就为那个小狐狸精掉眼泪。哪天我死了，他眼睛恐怕都不会眨一下。"说着说着竟呜咽起来。

我皱着眉头，听完母亲的叙述，心里堵得慌。没有人知道，江流月最后见面的人是我。

母亲挂了电话，我双手捧着脑袋，开始回忆。下午江流月打电话约我见面，我都跟她说了什么呢？思绪万千，竟无从理起。

坐在面前的江流月，穿了红色的曳地长裙，张扬而放肆。这是她一贯的做派。

我放下手里的咖啡，冷冷地看着她说道："你约我什么事？"

江流月仔细地端详我半天，才说道："苏曼离，你还是没变，这骨子里透出来的冷漠依然让我讨厌。"

我看着她，面无表情。

江流月忽然话锋一转："曼离，我怀孕了，求求你让我留下这个孩子吧。我跟他是真心相爱的。"

我把脸扭向窗外，这世界上再荒唐的事也不过如此。半晌，我说："他虽然是我的父亲，但是你们的事跟我有什么关系呢？你应该去找他，而不是跑过来问我。"

江流月低着头，那样无辜地跟我说："对不起，他只听你的，你若同意，他会很高兴的。"

我怒极反笑道："那我告诉你，从我知道你跟了他之后，我就觉得他龌龊。凭什么我要答应你的请求。再说了，堂堂盛华产业的老总会听我的？你弄错了吧。"

江流月看着我，应是愤恨地说："你看看你的母亲，除了会打麻将、逛街，她能做什么？他能忍受到今天，还不是为了你。你们都不爱他，可我爱他，会用整个生命去爱！"

我觉得没必要再跟她谈下去了，站起来准备离开。

江流月尖锐的声音响起："苏曼离，你根本不懂什么是爱！你的冷漠让你像把刀子一样伤尽了所有爱你的人。不然的话，严枫也不会去了西藏边防哨所。"

我心一痛，转过身直视着她，冷冷地说："他要去那么远的地方，难道是我能决定的吗？"

江流月却说："你当真不知？他本来可以留在这里，可他却选择去了西藏。他说，你苏曼离排斥任何人的亲近，拒绝家庭主妇的生活。他要给你足够的自由和时间去长大。等他转业回来，你就会知道他在身边有多好。"

我微弱地说："骗谁呢，真是可笑。"

江流月瞪着我："苏曼离，我真是嫉妒你啊，为什么每个人都想着维护你？那我呢，我比你漂亮，比你能干。严枫不喜欢我，我认输了。可是，我遇到淮安了，为什么他偏偏是你的父亲？"

我踏出咖啡馆，把她的话远远地甩掉。阳光太过刺眼了，让我一阵恍惚。

回到家以后，处理完手上的一些邮件，我思考着要不要给苏淮安打个电话。犹豫未决时，他的电话打了过来："曼离，流月找过你了吗？"

听着苏淮安亲昵地喊着流月，我一阵恶心，冷冷地说道："苏总有什么事就直说吧，我很忙的。"

那边沉默良久才道:"曼离,我是你爸爸,不是什么苏总。"

我嗤之以鼻:"爸爸?送我去外公那边的时候,你不是我爸爸吗?勾引我同班同学的时候,你不知道你是我爸爸吗?苏总,我苏曼离有您这样一个与众不同的父亲,真是滑天下之大稽!"

苏淮安懦懦地说:"曼离,你听我解释,事实上……"

我打断他的话:"抱歉,苏总,我还有事情要处理,您日理万机,还是别跟我浪费时间了。"

这么多年过去了,我对苏淮安已经没有什么恨不恨的,只是不会与他亲近罢了。

他跟江流月的事会让我知道,怕也是必然的。刚找到第一份兼职时,我骑着单车上下班。一次,意外被后面驶来的车撞倒,被苏淮安知道后,竟立刻买了一款红色的奥迪送来。

我很清楚自己要什么,不要什么。我断然谢绝了他的好意,我苏曼离会用自己的钱买想要的东西。

当江流月开着新车来参加毕业典礼的时候,我一眼就认出来了。我几乎呆住了,苏淮安的花心我是知道的,只是没想到他跟江流月会走到一起。

我慢慢地走到红色奥迪车前,江流月得意地扬眉笑着说道:"这是我男朋友送我的毕业礼物。"

我装作无意地问："你男朋友姓苏吧？"

江流月一惊："你怎么知道的？"

我转过身走到路边的草坪前，把砌在边上的花砖掰下来。累了一头汗，抱着花砖回来，众人都愣在那里。

我就那样优雅地扬起手，把砖砸在了那辆红色奥迪车上。所有人都看着我，不知道该怎样理解。

江流月很快回过神，愤怒地问："苏曼离，你疯了，你为什么这么做？"

刚赶到的严枫拉着我轻声问："小曼，怎么回事？"

我指着车上被砸的洞笑着说道："你忘了吗？我有个坏毛病，我不要的东西，也不喜欢别人染指。这车是苏淮安送我的生日礼物，我拒绝了。他却转过头送给你做毕业礼物。严枫，你说该不该砸呢？"

江流月不可置信地看着我，严枫则神色复杂地看着她。我拍拍手上的土说道："毕业典礼快开始了，我进去了。"说完之后，大步向学校里走去。

我习惯了越是难过，越要走得斗志昂扬。严枫追上我，拉着我说道："我们一起去。"十指相扣，他总喜欢这样牵着手。

后来才恍然明白，原来江流月当时并不知道苏淮安和我的关系。而我却觉得她故意那么做，来报复失去严枫的痛苦。

据说那辆红色奥迪在离开学校的时候，江流月不小心开到了路边的柳树上。当时就报废了，而她也住了一个多月的院。

集训完之后，严枫就要去边防哨所了。我从不干涉他的事情，甚至也不曾问起过。他说离开便是离开，他说回来便是回来。我只是等在原地，等他回来。

江流月说得对，我是自私的。我只会接受别人的爱，却从未付出过。

回忆像碎片一样扎在心上。我一直站在道德的至高点上冷冷地看着江流月，然而她选择了用这样的方式来回击我。

苏淮安在安抚了江流月后态度决绝地跟母亲离了婚，我站在民政局门口看着进去出来的路人："也许我将跟这里永无交集了。"我戚戚地想着。

严枫收到一份快递，是江流月的日记本，她把见过我、跟我的对话都写进里面，我猜着她不会让我继续逍遥自在下去。

我想过无数次跟严枫分手的画面，还曾夸下海口，若是分手，我必要给他一个缠绵的吻，让他记得我的好而忘记我的蛮横幼稚。

然而，我们始终没有来得及见面，就这样淡淡地分开了。

母亲从民政局回来后把自己锁在房间里。晚饭我自己一个人喝粥，喝完之后背书做作业，家里只剩我一个人，感觉孤单得发狂，然而以后还会有很多很多这样的夜晚，只有我一个人在家的夜晚，以及整个白天。

甚至余生我将永远活在她的阴影里，我颓废地躺在床上看着天花板。

早上去学校的时候，看见那棵我们曾经许愿的大榕树，已经倒下了……

我有些冷，紧紧地裹着衣服，远处有人匆匆走过，背影像极了严枫。

坐到教室里，阳光透过玻璃窗，温度却被挡在窗外。听见别人谈论，我真的太不开心。还有人在唱："疼痛文身强力隐忍沁血的伤痕，也是倔强也是天真谁又懂得区分。"

接到严枫的电话是江流月走后的第二十一天，我颤着的声音使我感到羞愧。

"曼离，之前一直犹豫不决，最怕是我走了你没有人陪伴，经历过这么多事，我想你也要长大了。今后你的性子也要收敛起来了，我这一去少则三年，也可能就不回来了，你不要等我。"严枫的声音有些嘶哑。

"好，我不会等你的。"我狠狠地挂掉电话。

"对不起。"我对自己说。

　　我趴在桌子上眼泪流个不停，没有人知道我突然而来的绝望。对于成长，我既渴望而又惧怕，我渴望自由，也惧怕枷锁，渴望时光飞逝，也惧怕良夜难再。

　　以前的人越走越远，身边的人始终无法靠近。我仰望着一个身影，所有的卑微与彷徨都化为了孤寂，他只是梦，她也是梦，只有眼泪如此真实。

　　大学余下的日子，我除了上课不再与任何人亲近，我想我将凋谢在这个夏天。

对不起，我爱你，
但是我更爱我自己

文 / 清梨浅茶

我以为世界上没有人比我更爱你，我以为我可以爱你爱到不顾一切，我以为你是我此生最后停靠的港湾。可是，后来我才发现，相比于爱你，我更爱我自己。

1

伊允坐在火车的靠窗位置，这是她刚才和一位大爷换的座，她想在临走前，再一次看看这座自己生活了一年多的城市。

常年雾蒙蒙，看不见阳光的天空，长得参差不齐的树木，人流涌动的火车站，还有，站在火车站台上，离自己只有几步之遥的少年。

南有乔木，不可休思。

伊允是在一次户外写生中认识乔木的。

　　大二的时候，伊允报名参加了学校组织的"户外写生美术大赛"。平日无事时，伊允就会花一块钱坐上公交车，满城市乱转，想在哪下车就在哪下车，然后随便晃荡，寻找灵感。

　　那次伊允在水山公园下车，站在半月湖边上，看着湖面波光粼粼，涟漪起伏，岸上杨柳依依，沿岸水天一色，令人心旷神怡。

　　灵感就像爆米花机，砰砰地在伊允脑海里炸开。伊允迅速拿出画板，席地而坐，拿起笔画了起来。

　　六月的天气是娃娃脸，阴晴不定，前一刻还阳光明媚，下一秒便乌云密布。

　　伊允刚完成画作，天空便下起了倾盆大雨，雨点就像黄豆落地一样，噼里啪啦地往地上砸。伊允赶紧将完成的作品紧紧地护在胸前，向离自己最近的一棵大树跑去。

　　大树枝繁叶茂，简直是天然的"避风港"，伊允躲在下面，丝毫感觉不到外面的狂风暴雨。可是此刻的伊允，全身已经完全湿透，水滴从衣服的各种边缘往下坠，狼狈得可以。缓过神来的伊允，赶紧查看自己的画，发现涂上的颜料都被雨水层层晕开，根本看不清原来的轮廓了。

　　烟雨朦胧月朦胧，你这幅画的意境很抓人啊。

　　伊允正在心疼刚完成的画被毁了，耳边就传来一道爽朗的声音。

伊允转头，看见身边不知何时站了个男孩子，也是浑身湿透，却不显狼狈，湿了的白衬衫粘在身上，别有一番韵味。

伊允笑了笑，伸出手摸了摸画面，遗憾地说："这画被雨淋了，刚上的颜色都散开了，根本都看不清画了什么，确实很'朦胧'。"

听了这话，男孩以为伊允认为自己在嘲讽她，着急地澄清："我不是那个意思，我是真的觉得很有意境，不信你自己仔细看，这不是月亮，这不是江南烟雨吗？颜色虽然都掉了，但模糊的颜色却将这意境更好地衬托出来了。"

经男孩这么一说，伊允才发现，虽然这幅画的颜色都散开了，但是却营造出了一种"犹抱琵琶半遮面"欲语还休的气氛，很有江南水乡的烟雨蒙蒙之感。

"你别说，还真是这样。"

"我没骗你吧，你要是拿这幅作品参赛，一定会拿冠军的。"

伊允看着男孩信誓旦旦的模样，觉得很好笑，他就这么相信自己呀。不过，刚才他说，参赛、冠军，伊允皱起眉毛，狐疑地看着眼前的少年，问道，你怎么知道我要参加比赛。

男孩察觉自己说漏了嘴，模样有些尴尬，他伸手抓了抓头发，一时间不知道该怎么回答。

"这水山公园很少有人来，你一个人来这儿干什么？"

男孩看伊允投向自己的目光里充满了戒备，赶紧解释说："我是跟着你来的。"

伊允一双眼睛瞪得特别圆，左手食指不自觉地指向自己，吃惊地说："跟着我来的？"

想到现在这个公园里就他们两个人，伊允警戒地往后退了两步，原来指着自己的手改变方向指向面前的人，说："跟着我干什么？我告诉你，我可是空手道十段。"

男孩一见伊允一副把自己当坏人的模样，脸一下子就红了，情急之下，准备半天的话，脱口而出："我叫乔木，我喜欢你。"

说完这句话，男孩的脸更红了，将头偏向一边，不敢看伊允的眼睛。

磅礴的大雨将水天连成一线，被淋湿的少男红着脸，被淋湿的少女瞪着眼，生长了不知多少年的大树，一幅被雨水晕开的水墨画，像是被时间定格成照片，放在了伊允最深的记忆里。

2

伊允这次参加绘画比赛，拿了一等奖，参赛作品就是那幅被雨淋了的画。

伊允决定拿这份奖金请乔木吃个饭。

上次的表白，伊允没有答应，乔木却请求她给自己一个让伊允了解他的机会，看着眼前少年眼中的坚定，伊允发觉自己没办法拒绝。

不得不说，乔木真的是一位非常体贴的男孩。这一个月里，他每天早上都会给伊允买早饭、打热水，陪着伊允去上课，甚至会跑过五条街，只为给伊允买她最喜欢吃的杏仁酥。他话不多，却不无趣，和乔木待在一起，让伊允从心里感到舒服。

这次比赛得奖，多亏了乔木的建议，于情于理，伊允都应该请乔木吃一顿饭，何况，自己还有别的话对他说。

吃饭的地点选在校门口的小渔乡，那里的水煮鱼是一绝，经常生意红火，顾客爆满。

伊允提前十分钟到餐馆，却发现乔木已经到了。

"你来得这么早呀？"

伊允坐在乔木的对面，服务员将菜单放在了他俩中间。

"我怕让你等，所以我就早点到，幸好没让你等。"乔木用手抓了抓头，笑得羞涩。

伊允拿着菜单的手一顿，看着眼前羞涩的少年，不自禁地说："乔木，我今天……"

"呦，乔木，我最近给你打电话，你总说没空，看来不是敷衍我，是真忙啊。"

一道亮丽的女声插了进来，伊允扭过头，发现一位打扮靓丽、长相美艳的女孩向他们这桌走了过来。

"言喻，你来干什么？"乔木看着言喻走到自己的身边停下，语气不好地问道。

言喻看着满脸不耐烦的乔木，觉得自己千疮百孔的心又开始隐隐作痛，滴出血来。

她今天去宿舍找乔木，刚到他楼下，就见他火急火燎地往外走，她心头一动，便跟了上去。

她悄悄地跟着他，走过偌大的校园，跨过宽阔的马路，穿过拥挤的人群，来到了小渔乡。她看见他坐在凳子上，没有点餐，像是在等人。大约过了二十分钟，一个长相清秀的女孩子走了进来，在乔木的对面坐下。看着乔木一脸的羞涩和眼里的宠溺，言喻觉得像是有一把火，把自己从内到外，烧成了灰烬。

她从来没见过这么温柔的乔木，不，应该说，乔木从来没有这么温柔地对待过自己。

嫉妒将自己的理智撕成碎片，她气势汹汹地跑过来质问乔木，却忘了，自己根本没有立场。

"乔木，你对得起我吗？我对你那么好，你竟然和她勾勾搭搭。"

伊允一听这话，脸色瞬间沉了下来，她一下子站了起来，直视言喻，问："你这是什么意思？"

"字面上的意思。"

"言喻。"乔木厉声喊道，"言喻，你不要闹了，伊允是我的女朋友，我不许你这么说她。还有，我早就和你说清楚了，我不喜欢你，咱俩没可能，你以后不要再来缠我。"

"咱俩没可能，那你和谁有可能，她吗？"言喻抓着乔木的胳膊，指着伊允，声嘶力竭。

他们这边的吵闹引起了整个餐厅的注意，刚才闹哄哄的气氛被沉默所代替，所有的眼睛都盯向伊允这一桌。

死寂般的沉默里，乔木拉开言喻抓着他的手，牵起了伊允的手，用不大不小的声音说："就是她，我最爱的女孩，伊允。"

伊允的心像是被打成了一块又一块的碎玻璃，割开了心脏，温热的血液喷涌而出，流经全身各处，再也察觉不到一丝凉意。

她慢慢地，有力地反握住乔木的手。

言喻无力地蹲在地上，开始颤抖，然后发出微弱的啜泣，最后演变成号啕大哭。

乔木看着眼前的言喻，叹了口气，轻声说："言喻，我知道你喜欢我,可是我不喜欢你,你是个好姑娘,以后不要再来找我了。"

说完这句话,乔木拉着伊允走出了小渔乡。

3

出来的时候,天已经擦黑。

乔木把自己的外套脱下来,披在伊允身上,闷声说:"伊允,对不起。"

伊允看着天空,天还没完全黑,月亮就已经迫不及待地出来了。

"为什么说对不起?"

"因为我的原因,咱们没有吃上饭。"

"没关系,换一家就好了,又不一定非在小渔乡吃。"

"我还做错了一件事,我刚才说,你是我的女朋友。"

伊允看着眼前的少年,他微低着头,光线太暗,她看不清他的表情。

伊允莞尔一笑,天空中的星星都已经出来了,一闪一闪的。

"那就将错就错吧。"

"将错就错？"

乔木抬起头，满脸的疑惑，而转瞬间，他眼神中充满狂喜，激动地说："你是说，你愿意做我的女朋友了？"

伊允看着眼前神采飞扬的少年，笑着点了点头。

乔木一把抱起伊允，在原地转圈，一边转一边喊："你答应做我的女朋友了，我有女朋友了。"

伊允被转得头晕，说："快放我下来，我都晕了。"

乔木听言，赶紧把伊允放下来，说道："不好意思，我太开心了。"

"你先别高兴得太早了，刚才的事，你还没跟我说清楚呢。"

"伊允，你千万别误会，刚才那个是我的同学，喜欢我很久了，不过我一直没答应。"

说完，乔木看了伊允一眼，又小声地说道："我只喜欢你，真的。"

伊允笑了，像是迎风绽放的百合花，她说："我相信你。"

柔柔的月光洒了一地，一个男孩拉着一个女孩，走在湿漉漉的马路边上，影子被拉得很长很长。

"乔木。"

"嗯。"

"你为什么会喜欢我啊？"

"你猜。"

乔木永远不会忘记，那次他在图书馆前面的轮滑场玩轮滑，不小心撞倒了一位女孩，他赶紧扶起那个女孩，女孩抬头的时候，长长的头发划过他的手臂，他的脑海中自然而然地浮现出了徐志摩的一句诗——最是那一低头的温柔，像一朵水莲花不胜凉风的娇羞。

后来，他费了很大的劲才打听到，那个女孩叫伊允。

4

伊允和乔木在一起的一个月后，从舍友那听到了一个惊天的消息。

项嘉有女朋友了，就是言喻。

伊允学校流行一句话——南有乔木，北有嘉人。

指的就是南院的乔木和北院的项嘉，他们两人被称为学校两大才子，不论是才华还是外表都是数一数二的，可谓人中俊杰、学界精英。

伊允没想到，向来心高气傲的项大才子竟然也有"春心为伊人荡漾"的一天，而且当初的言喻喜欢乔木喜欢到歇斯底里，没想到这么快就转投他人的怀抱了。不过，这样也好，大家都找到了属于自己的幸福，互不干扰，也是一件高兴的事。

在剩下的两年大学时光里，乔木和伊允一直甜甜蜜蜜、如胶似漆。他们一起去上课，背着书包去图书馆学习，平日里两人就随便坐上公交车漫无目的地乱逛，他们探讨人生理想，畅想未来规划。那个时候的伊允和乔木，是真的幸福，是真的无虑，他们共享的现在是那么甜美，他们规划的未来是那么充实，以至于当现实的巨石狠狠砸在他们面前的时候，他们没有一丝一毫的准备。

毕业的时候，伊允的导师想让伊允留下来深造。导师认为，伊允当初获奖的那幅作品的画法非常新颖，希望伊允可以留在学校继续学习深造。

伊允本想答应老师的要求，可是乔木却希望去大城市闯荡一番，打拼出一份属于自己的事业。伊允考虑再三后，婉言拒绝了导师的建议，她决定放弃自己的想法，跟随乔木去大城市。

那个时候的伊允，想法很简单，既然我爱乔木，就像爱自己的生命，那么放弃自己的梦想又算得了什么？

在通往北京的列车上，伊允靠在乔木的肩头，乔木紧紧拉着伊允的手，像是在宣读结婚誓言一样郑重地保证："伊允，你给我三年时间，我一定会让你幸福的。"

那时候的伊允，笑着说："乔木，无论如何，我都会陪着你。"

年少的情感是最真挚的，可是为什么，年少的誓言却是那么不堪一击呢？

5

黑漆漆的夜晚，看不见星星，连月亮都是朦胧的。

伊允一个人坐在床上，用双手抱住自己的腿，看着空荡荡的房间发呆。

伊允和乔木来到这个城市已经三个月了，他们在郊外租了一个小公寓，伊允用了一个月的时间，把这个小小的家变得温馨而舒适，布置完毕后，伊允站在房间中央，想象着，她和乔木朝夕相处、举案齐眉。

但是生活永远都不尽如人意，命运总是藏匿在黑暗深处，等你兴高采烈、毫无防备的时候，给你最为猛烈的一击。

乔木的职业生涯并不是十分顺利。乔木虽然才华横溢、谈吐不凡，但是他在人情世故方面，却一塌糊涂。因此虽然凭借才能和学历找到了一份不错的工作，但是因为情商的问题，作为新人的乔木，还没有在公司站稳脚跟，就和单位的一些老员工交恶。

　　用乔木的话来说，那就是一群老古板，根本不懂时代在进步，时代在革新。

　　这句话，算是把公司的人得罪了个遍。同事排挤他，领导又不赏识，乔木的第一份工作，不但薪水一降再降，自己心里也不痛快。

　　迫不得已，乔木只好换了一份工作，可是，同样也不顺心。

　　乔木的性格过于我行我素、特立独行，在学校的时候，被学生和老师捧惯了，受不得一点委屈。因此三天两头地和同事、主管吵架，动不动就辞职不干，换工作就跟换衣服似的。

　　很快，乔木和伊允的积蓄就花光了，而乔木因为频繁地换工作，根本没有挣到多少钱。伊允找了一份文职的工作，可是那点薪水根本就不够两个人在消费水平这么高的城市里生活，而乔木却又心高气傲，不肯低头，伊允无奈却也没有办法，只有去外面做兼职。

　　三个月的时间，乔木已经从当初的满腔热血变得萎靡不振，他常常待在家里，抽烟、喝酒、睡觉，什么都不管，伊允每次想和他谈谈，都被乔木用"心情不好"这种借口挡了回去。逐渐地，两个人之间变得越来越沉默，越来越无话可说。

　　伊允看着已经积了灰的画具，感到疲惫就像泉水，从她的心底不断地涌出，席卷全身各处，泪水无意识地掉落。她把头埋在臂弯里，想不通，为什么生活会变成现在这个样子。

伊允下了床，在柜子里翻出自己的画集，一页一页地翻看，想起当初那个无忧无虑、热爱绘画的少女，一切都不一样了，转眼间，沧海桑田，物是人非。

伊允紧紧握住手中的画本，闭上了眼睛，她现在连握住画笔是什么感觉都已经记不清了。

6

大学毕业后的第一个同学聚会。

乔木和伊允一起去参加，看着当初的同学们都混得风生水起，乔木的心里很不是滋味。

项嘉和言喻的出现，使乔木的心理防线彻底崩溃。

项嘉是开着一辆奔驰来的，一身名牌和身边娇媚的言喻，一出场就赢得了所有人的目光。乔木站在角落里，看着远处衣鲜光亮的项嘉，想起当初的"南有乔木，北有嘉人"，百般滋味，涌上心头。

那天晚上，乔木喝了很多酒，伊允把他扶进小公寓的时候，乔木已经神志不清了。

回到家，乔木把自己摔在沙发上，嘴里还喊着，酒，再来一杯。

伊允俯过身去，伸手把乔木的衬衫扣子解开几个，却被乔木一把抓住。

乔木在伊允的耳边说："你为什么没有一个有钱的爸爸，那样的话，我就不会这么辛苦了，你知道项嘉他为什么走得那么顺风顺水吗，就是因为他和言喻好了，言喻有个有钱的爸爸，所以项嘉即便什么都不如我，却依旧可以飞黄腾达，而我却落魄至此。你说，如果当初和言喻好的人是我，那么现在，我和项嘉的人生是不是就反过来了……"

乔木说得不是很清晰，可伊允却听得刻骨。

伊允看着醉得一塌糊涂的乔木，觉得心里那座自己拼命维护、摇摇欲坠的房子，像是被压断最后一根稻草一样，啪的一声，就塌了。

7

伊允提出和乔木分手，乔木质问她为什么，伊允回答说："当初我以为我爱你可以爱到放弃一切，可是我现在发现，是我高估了我自己，原来，相比于爱你，我更爱我自己。"

火车开始启动，乔木离伊允越来越远，伊允看着即将淡出自己视线的男孩，收回了自己的视线。

再见了，我最爱的男孩。

8

五年后。

在国家美术馆，放着一幅山水画，不知用了什么手法，整幅画的颜色都晕开了，朦朦胧胧，看不清楚。

那是近几年最火的一位画家的成名作，被艺术中心摆在美术馆最显眼的位置。

那幅画的作者栏中写着两个字：伊允。

对不起，我爱你，但是我更爱我自己。

当小叶榕开满雪花

文 / 须弥

1

在没遇到她之前，我还是个只会死读书的"呆子"。

每天三点一线的高中生活，摸爬滚打在书山题海里，连下课十分钟也要端着眼镜啃几页世界名著。恨不得皓首穷经，把所有用文字记载的东西全都吃进肚子里。从乡下考进县城最好的高中，成为全村瞩目的佼佼者，这让我更加坚信，读书是我唯一的出路。

诚然，这也是一条早已被前人走滥了的路。世人常说读书与不读书的命运会截然不同，其实我可以陈列出一万个反驳的论据出来，同一所大学同一个专业甚至同一个寝室的人，出来以后命运也会截然不同，王侯将相抑或是卑田院乞儿，全凭个人造化。但是尽管如此，我还是没有勇气再去越轨。我所有叛逆的荷尔蒙，已经在 16 岁之前燃烧殆尽了。

16 岁之前，跟同学跑去城里的网吧上通宵，和妈妈闹僵去山洞里住了三天，上课看小说传纸条……而现在，一心一意，循规蹈矩，平庸而又无畏地成长。就像一只被降服的猴子，戴上金箍的那一刻，所有的嚣张和骄傲都化成了五百年沧海桑田。

苏茗和我有着同样相似的经历，我记得开学时她妈妈那双苍老的眼睛，一个朴实的农妇，个子不高，拎着麻布袋子站在她旁边，同时也站在无数富家子弟轻蔑的眼神中。在农村长大的苏茗，身上有种特别的亲和力，虽然寡言少语，却让人极想亲近。长年如一的运动服，走起路来一蹦一跳的马尾辫。全身上下没有一点多余的装饰，就和她的人一样素洁。她的话并不多，除了在我面前。

那双充满灵气的大眼睛第一次盯着我不放，却是在那一句"小七，你当我哥哥吧"之后。在这之前，我对她的了解仅限于每天走廊上擦肩而过时的微笑示好。惯性的礼貌反应，浅尝辄止。她给我的最深印象就是"静"，安静时一语不发，也不和周遭的同学打闹，一个人趴在课桌上，自顾自地看着书。我甚至认为她像一棵树，一棵静默向纷华的小叶榕，从容地生长在烦嚣的教室里。

我一直以为我这样无趣的书虫是不会引人注意的，更不会和她，这样一个安静的女孩儿产生交集。至少我不能讲很多有意思的段子，像最后一排的同学那样疯脱了形，成为办公室里的常客。而事实却刚好相反，坐在前排的她扭过头来看着我，声音清澈明朗，像纤手拂过摇铃。

"小七，你当我哥哥吧。好吗？"说完粲然一笑，白净的脸上两枚梨涡轻轻陷了进去。

"呃……"

　　我潜意识地迟疑了一下，脸颊发热，放下手中的书，用一种不可置信的眼神盯着她。难道……这是不怀好意的捉弄？

　　她继续看着我，那目光告诉了我她的诚恳，渐渐地变为一种乞求。最后，我被她的笑容贿赂了。在我们熟稔之后的某一天，我再一次问及她原因时，她甜蜜地笑道："因为你给我一种感觉啊，就像我的亲哥哥，很像很像……"

　　"你有哥哥吗？"当我继续追问的时候，她却一下子变得沉默了，只是浅浅勾唇，笑靥背后藏匿了隐秘的往事。躲闪的眼神略显老成，让人猜不透却越发想猜。我不知道她到底经历了什么，但是能清楚感知到她的痛楚。

　　就这样，小七成了苏茗的"哥哥"。这个用于亲人之间的称呼从一个和我毫无血缘关系的女孩儿口中冒出来，本应该或多或少带着点荒诞和戏谑，可是每一次她叫我的时候，只剩下满满的真诚。"枉为人兄"的我并没有让她的学习有所精进，反而让她的成绩变得越来越差。我能隐约感觉到，有一股隐秘的力量，在拽着她走向一个极端。

　　两年的相处里，苏茗就像亲妹妹一样对我嘘寒问暖、无微不至。我们宛如山中的藤萝和树枝，相互依存、温情缠绕，一起肩并着肩成长。我上课时打了个喷嚏，她会冲回寝室，花一中午的时间用开水给我泡一瓶可乐，捧到我面前，说："可乐烧开了可以治感冒的。"然后盯着我喉结蠕动直到瓶子见底。晚自习放学后，我坐在空无一人的教室里补习英语，她会在食堂打好两份饭菜，一直等到我来了才开始动筷子。

我们常常坐在小叶榕下面的长椅上，在一片浓荫匝地的流光中慵懒得像两只小猫。亲密无间，却纯洁无瑕。那时，我们总是谈论共同爱好的文学，时光在无意间的轻描淡写中翩然擦过。

2

苏茗从不向我请教学习上的事，用她的话说就是"如果还要学习'如何学习'的话，那就不要当学生了"。她偶尔的狡黠和小机灵，也在枯燥的高中生活里带给了我很多笑声。她总是喜欢在下课时转过身来，托着下巴听我讲《庄子》。那是我最喜欢的一本书，后来也变成了她的至爱。曾经有过一段迷茫期，是这本书替我拨开了雾霭，让我走出了心理迷林。它让我学会了如何举重若轻，如何走得更加从容、更加潇洒。

"庄子钓于濮水，楚王使大夫二人往先焉，曰：'愿以境内累矣！'庄子持竿不顾，曰：'吾闻楚有神龟，死已三千岁矣，王巾笥而藏之庙堂之上。此龟者，宁其死为留骨而贵乎？宁其生而曳尾于涂中乎？'二大夫曰：'宁生而曳尾涂中。'庄子曰：'往矣！吾将曳尾于涂中。'"

"哥哥，你说庄子他的理想是什么？"

"从心所欲吧，做人做到极致，只是本然。"

"那你的理想是什么呢？考上一所好大学？"

事实上苏茗已经帮我回答了，但是，却也不准确。因为我知道，大学并不是人生的终点。

她又接着问："'吾将曳尾于涂中'和'笥而藏之庙堂之上'，哪一个才是真正的快乐？"

"当然是前者，那是一种潇洒。"

"那你的意思还是人应该坚持自己的本心，做最喜欢的事啦？"

"是的。"我猜到了她接下来的话，于是赶紧补充道，"但是庄子也说过'外化而内不化'。"

"但是你看庄子的一生，他'外化'过吗？就像令狐冲，他说自己卑鄙无耻，其实一辈子都没做过卑鄙无耻的事。我们为什么要去死记硬背那些无用的答题套语，难道做这些能带给我们快乐吗？"

"这条路千万人都在走，你我也不能例外。人在江湖，身不由己。"

"人在江湖，何不相忘于江湖？"

我突然愣住了，这个孩子的身上，有着不可思议的成熟。

她看着我一时语塞的样子，吃吃地笑了起来。

就像我所预料的那样，苏茗正在偏离"正轨"，被一股莫名的力量牵引着，从千军万马中逃离出来，只身一人和强大的命运对抗。高一下学期分科考试后，她跟着我一起到了文科 16 班，成了我的同桌。我本能地接纳她所有的依赖，任由她如影随形，像个小尾巴一样跟着我。因为这个女孩儿的眼神告诉我，她需要关爱。每天下午放学后，她总是在周遭同学的打闹声中安之若素，一个人伏在课桌上佯装懒睡，仿佛整个世界都与她无关。而她日趋下滑的成绩，又成为了各科老师们指责她的话柄。

像我这样"两耳不闻窗外事，一心只读圣贤书"的书虫则常常成为老师们的至爱，他们不喜欢棱角峥嵘的学生，所有对学习的离经叛道，对他们的权威来说都是一种冒犯。后来的一次月考让苏茗被无辜迁怒，我引以为豪的历史突然考砸了，班主任把她叫到办公室去了。他背着手走进教室里，目光冷冷地射向我们，说了句"苏茗，你到办公室来一趟"，寒气逼人。正在和我打闹的苏茗突然停了下来，面红耳赤地垂着头。

半个小时后苏茗出来了，脸上挂着泪珠。她回到座位上就开始收拾书本，一语不发，我惶惑地追问她到底怎么了。许久，她才开口。

"班主任说我耽搁了你，他叫我和最后一排的小张换座位。"苏茗深埋着头，把书砌成一摞，抱起来。

"这老古董脑子进水了吧！我们只是纯洁的兄妹关系。"我怒不可遏地往课桌上一拍，准备去找老班理论。巨大的声响让全班顿时安静了下来，几十双眼睛纷纷聚向我和苏茗。

苏茗咬着嘴唇摇了摇头，温和地看着我，低声说道："算了……不要闹了。"

我怒气冲冲地帮她拿着文具，一起搬到最后一排，背后旋即又喧闹了起来。偶尔有只言片语传到我的耳朵里，对于那些误解和谣言，我早已没有了争辩的心思。每一次下课我到最后一排找苏茗时，那些难听的话总会从某个角落里冒出来，我拳头捏得咯咯作响，苏茗却紧张地拉着我的袖子，不停地摇头。她说："清者自清，浊者自浊。如果你在意他们的话了，为这些事而烦心，那我就真的耽搁你了。"

苏茗就是这样，不管我多么激烈、多么失控，她总能让我迅速地平静下来，像一只被触到逆鳞又被驯服的狮子。

中秋节那天晚上，我带着苏茗下馆子。我说随便吃，今天我请客。她却点了两盘蛋炒饭，用铁匙舀了一大勺送进嘴里，眯着眼睛慢慢咀嚼，开心地说这是家的温暖。老板娘走过来添茶，打量着我们说："两兄妹出来吃饭呀？"苏茗正要开口纠正，我突然抢白道："呵呵，是的，她是我妹妹。"

和老板娘闲聊了一会儿后，我侧过头去看苏茗，她的眼里早已含满了泪水。

3

高三时有一个人经常混进学校里来，他走过的地方总能吸引大量的目光。学生们在他旁边围成一堵堵人墙，指手画脚、交头接耳地谈论，时而抛出尖刻的言语。他满脸的胡茬，看上去已经成年，但是却永远穿着一件中学生的校服，终日神情恍惚地到处游荡，口中喃喃自语一些旁人听不懂的词汇，隐约夹杂着化学公式。后来从班主任口中得知，这个人是高我们几届的学长，当年理科尖子班的高才生，以他的成绩本应该上"211"这些名校，但是却因为高考时帮别人作弊而被取消了考试成绩。从那以后，他的精神就失了常。

这个现实的个例，让本来就令人敬畏的高考又徒添了一分沉重。

晚自习上，一张纸条经过了几个同学的手之后，从后面递给了我。是苏茗的笔迹："小七哥哥，今晚能为我逃一次课吗？就一次，唯一的一次，等会儿我在田径场等你。"我转过头去，最后一排苏茗的座位已经空了。趁班主任还没来巡查，我猫着腰从后门偷偷溜了出去。

我在田径场中心的草坪上找到了她，然后我们俩就坐在场沿的单杠上开始闲聊，披着满天的夜色。十二月的成都刺骨的冷，我打了一个喷嚏，恍惚中才发现，原来冬天已经来了。

"怎么了？茗儿，心情不好吗？"

她仰着脸，两只眸子从围巾的上沿露出来，望着漆黑无垠的穹窿，轻声道："我真的害怕明年的六月了，无能为力是一种痛。真的，以前我也常向往山的那边望，但是后来我发现，山的那边还是山。"

"不是无能为力，是不愿意去做。你这么聪明机灵，曾经成绩并不差的，可是为什么呢？"我歪着头问她。

苏茗叹了一口气："你看这栋教学楼，灯火通明。走了一拨又来一拨，浩浩荡荡，前赴后继。就像夸父逐日一样跋山涉水，捧着一颗朝圣者的心去顶礼那三天的考试。成王败寇，但是真的就一定是成王败寇吗？如果……如果败了，那是不是要被全世界唾弃？"

"当你背上了沉甸甸的'理想'，就再也不能像以前那样轻松了。人生存在这个世界上，有时就不得不抛弃清高，甚至是跪着把路走完。这种屈从于现实的无力感，真的很让人懊恼，可是又有什么办法呢？熬过了六月就好了。"

"人在食物链的高层，却活得比那些最底层的蝼蚁还累，如果真的可以的话，我倒宁愿自己是一条濠梁下自由自在的鱼儿。唉……算了算了，不说这个话题了。"苏茗抿嘴一笑，从衣袋里拿出一支阿尔卑斯递给我，"哥哥，我请你吃糖，今天是我生日。"

我伸出手，摸了摸她的头。

其实这次谈话早已悄悄埋下了伏笔，只是我后知后觉，直到那一天才知晓结局。去教室的路上听到同学们在谈论苏茗退学的事，赶到教室时她已经走了。我又冲回自己的座位，打开课桌，里面果然有一封信。

小七哥哥敬启：

见信如晤，原谅我的不辞而别。我很清楚地看到自己身上的理想主义色彩正在渐渐黯淡，就像一张成熟的面孔剥离了童真。这是我不想看到的局面，因为我不想被成长的公式计算出准确无误的答案，我不想变成人海里那千万分之一。呵呵……潇洒，多么遥远而又亲近的一个词语。这个词语总是让人联想到衣袂飘然的背影，而背影，却往往是离开前的特写。人这一生，究竟需要多大的勇气，才能做到举重若轻、了无拘囿，才能乘物以游心，独与天地精神往来？谢谢你给我讲《庄子》，让我在席天幕地的沉郁中还能抓住阳光。很喜欢海子的一句诗："我不得不和烈士和小丑走在同一条路上，万人都要将火熄灭，我一人独自将此火高高举起。"如果你的心在远方，就算万水千山也不能阻挡。

我会等你六月的凯旋
茗儿亲笔

合上信纸，苏茗和煦的笑容永远印在了上面。

几个月后，我从别人口中得知了那个精神病学长的背景，原来他也姓苏。心中所有的疑惑顿时得到了解答，我终于明白了为什么茗儿如此抗拒高考，我明白了为什么她想要我当她哥哥，明白了一个农村家庭的悲剧，明白了一个柔弱女孩儿所背负的沉重……那一刻，鼻子一酸，眉下泛潮。

苏茗走的第二天，成都下雪了，我们曾经一起走过的所有地方都垫上了一层薄薄的银粉。整个世界安静了，就像一切早已写好的结局。这个冬天，我的妹妹走了。可是蓝野也说过，"一个人离开了，他只是比我们更早地找到了自己。"

我相信躲开了高考的茗儿也会过得很好，任何一条路，走到了极致，都是通衢。

4

一年后，我成了某所重点院校中文系的一名学生。又是一个冬天，在雪花飞扬中考完最后一科后，同学们欢呼雀跃地冲出教室，宣告寒假的正式到来。当室友都走光了之后，我才拖着行李箱从寝室里慢条斯理地走出来。

天空布满噪点，我宛如行走在一片辽阔的虚无中，大寂大空。白茫茫的屋脊，高低绵延，像一条一条银鱼雪白的背，游荡在视野所及之处。

路过收发室时，我突然停了下来，仿佛有股诡异的力量在拉扯着我，走向前去。在一大堆荒置信件的最底层我看到了熟悉的笔迹，邮戳显示是一个月前寄的。

我急忙兴奋地取出信，含着笑边走边读。原来离校后苏茗去了一家服装店工作，现在还当上了店长。从那些得意的语气中可以看出，她过得还不错。我嘴角微扬，长达一年的挂怀终于释然。

"哥——"

走着走着，一个声音忽然从我前面传来，抬头一看，原来是苏茗。她一身淡黄色休闲羽绒服，不远处亭亭地立在雪中，灿若桃花，正在向我走来。

那温暖如初的笑容，一如当年。

闪

闪

文 / 程沙柳

闪闪来北京之后，我不再是我们这个小圈子里唯一一个在KTV里聚会的时候独自窝在角落里玩手机喝酒的人。

野狼嚎叫般的歌声充斥在耳边的时候，我依旧在津津有味地用手机看《1984》。闪闪突然凑上来在我耳边说："这么吵闹的环境你看得进去啊？"她的气息摩擦着我的耳朵，很痒，我把头偏出去好远："习惯了，他们经常这样吵。"我的声音被歌声掩盖，我很肯定她没有听清楚，但她应该读懂了我的唇语，她说："哦，闹中取静啊。"

这时候我才发现她也没有唱歌，独自窝在另一个角落里玩手机。我以为是她第一次和这么多男人聚会，有点儿放不开，就起身去拉正在号叫的阿虚："你们怎么不叫她一起唱呢？把一个女孩子抛在一边干吗？"阿虚拿着话筒："她说她不唱歌。"整个包间都听到了他的声音，闪闪也抬起了头，但很快又埋下头去继续看手机，包间又恢复到了野狼嚎叫的场面。

我走过去想和闪闪一起喝酒，凑近她手机才发现她正在看《云图》。

四年前，我们几个想成为诺贝尔文学奖获得者的伪文艺青年建了一个群，每天插科打诨，不可一世。某一天，群里突然进来了一位姑娘，我们感到灵异，是什么样的姑娘才会加入我们这个叫"狼部落，雌性勿进"的群呢？姑娘发了张两只小猫拥抱的图，瞬间，我们全都哑了。有些人就有那么一种魔力，她做一件很多人都做过的事情，却能收到很多人都收不到的效果。

熟络之后闪闪成了整个群唯一的活跃对象。阿虚说："闪闪，来深圳吧，我陪你去香港。"耗子说："闪闪，来重庆吧，我请你吃最正宗的火锅。"鸭子说："闪闪，来湖南吧，我带你轧遍凤凰古城每一寸土地。"王大说："闪闪，来我大黑龙江吧，让你看看中国最美的雪是什么样子。"陈胖说："闪闪，来我家吧，整栋别墅全让给你，你想去世界上任何一个角落我都带你去。"

几个大男人敲了满满一屏幕，闪闪一句话也没说。我抱着拯救世界的豪迈心态敲出一句话："闪闪，想来我这儿吗？我做饭给你吃。"

我以为这句话也会石沉大海，没想到闪闪打出了两个字："讨厌！"

然后，在群里我被屏蔽了很长一段时间。几个兄弟三个月没有理我。

虽然那是一个张狂不羁的年代，但我们知道自己想要什么，除了吹牛之外我们更多的还是在努力弥补自己的不足。闪闪也写小说，还小有成就，已经在《花火》《爱格》《萌芽》上发表了好多东西。因此，她成了我们几个莘莘学子的文笔导师。

三年后，我们一群人一窝蜂拥到了北京，租了个很大的房子，最开始的那段日子大家都没找到合适的工作，就窝在屋子里煮火锅玩宿醉。

某天，考六级回来的闪闪在群里问："你们在北京过得还好吗？找到工作没有？"几个人相互望了望，然后像打了鸡血似的立马起身收拾一屋子的狼藉，第二天又都很快找到了工作。

闪闪那句话完整的话其实是这样的——你们在北京过得还好吗？找到工作没有？我过段时间来北京找你们玩儿啊！

闪闪这个"过段时间"到了一年之后才兑现。那天，我和阿虚去西站接她，见到她的那一刻阿虚张大嘴巴至少愣了十秒。事后阿虚跟我说，沙柳，我敢肯定，即使世界上最妖艳的服装穿到她身上，也掩饰不了她的清纯，她简直就是女神中的女神之王。

闪闪有一种气质，这种气质深入骨髓，即使再怎么掩盖也隐藏不了，锋芒毕露。

她完全震住了我们这一群爷们儿，虽然之前见过照片，但活人的杀伤力和冲击力是再多的照片也无法抵挡的，在她面前，它们会逊色 N 倍。

大家七手八脚做了一大桌子菜招待闪闪，闪闪吃了一筷子菜，很幸福地看着我们笑，谁做的啊？大家都争着说是我是我。

我没有说话，因为我真的没有做。

我们把最大的房间收拾出来留给了闪闪，铺上了她最喜爱的颜色的床单。

第二天，几个经常上班迟到的家伙居然六点就起来了，做了一顿不成样子的"营养早餐"。我揉着眼睛爬起来的时候，还以为穿越了。

闪闪边吃着难以下咽的早餐边说："我今天就要去上班了，杂志社都已经定好了。"

王大说："别去上班了，那么累，我，我们养你，难道几个大男人还养不起你一个女生吗？"大家随声附和。

闪闪没有同意，说都说好了的事情，不能反悔。然后又抬起头意味深长地看了正在埋头吃鸡蛋的我一眼。

闪闪成了公主，我们几个成了她的专属侍卫，每天她下班回家都会有一桌子丰盛的菜肴在等着她。厨艺超烂的几个人也因为天天研究菜谱，而大有长进。

闪闪夹了一块耗子做的回锅肉丢在嘴里，边嚼边说："沙柳，你不是饭做得特别好吗？我怎么一直没见你做过啊？"

我扫了一圈瞪着我的几个男人，打着哈哈："那也得我有空啊，嘿嘿。"

阿虚说:"等会儿收拾碗筷的事情我们就不帮忙了啊,给你一个表现的机会。"

某天,暴雨从早晨一直下到了晚上,一大家子男人围着一桌子菜团团转。已经八点了,闪闪还没有回来,电话也打不通。当我们一群人冲到楼下准备打车去找她的时候,一辆牛气的大奔停在了门口,一个气质颇佳的高富帅下车开了副驾驶座的车门,闪闪从里面走了出来。

大家都没有动,立在那儿。似乎所有的故事都是那样,最后,一群人拼命想要保护闻都舍不得闻的一朵鲜花却插在了一坨牛粪上。

大家都怂恿我:"去给她告白啊!你要藏多久,又不是乌龟,就算是你也只能做一只拼命向前的乌龟,因为你没有坚硬的外壳!"

我甩开袖子站了起来:"不去,谁爱去谁去!"

然后那天晚上,闪闪刚踏进家门就遇到了吓住她的一幕。陈胖西装革履,手拿一束鲜花,单膝跪地,望着她含情脉脉地说出早已背熟的情话:"我最近计划了一段很长时间的旅行,需要一辈子才能走完,让我带你走行不行?不行我再想办法。"

闪闪瞠目结舌,半天说不出话。陈胖又继续说:"你不愿意跟我走,我就陪你走,即使某一天你的影子离开了你,我也会依旧在你身边。"

闪闪手足无措地捋了捋自己的头发，又摸了摸衣服，然后说了声"抱歉"就走进了自己的房间，轻轻地关上了房门。

那天晚上陈胖去酒吧喝了一整晚的酒，王大陪他一起去的。陈胖喝醉了，他说："真没意思，为了什么文学梦想离开家跑到北京来，还不如在家做我的阔少呢！"然后他又说："爱情是个很奇怪的东西，从一而终还好，如果在开始的时候就出了意外，那这辈子就是陌生人了。"

第二天，陈胖收拾东西飞回了老家。

大家依旧像往常一样做饭，收拾屋子，只是少了欢笑，有时候甚至一晚上没人说一句话。

这样的局面是一段故事或一大群人结束或分别的开始。

鸭子和王大搬到龙泽去了。耗子回了重庆，去了一家挖他很久了的出版社。阿虚升职了，在团结湖作家出版大厦附近租了间房子。

偌大的房子一下子就只剩下了我一个人，我躺在沙发上，把一罐啤酒从头上淋了下来，难过得流出了眼泪。

闪闪也搬走了，她没说去哪儿。

房子太大，我无力承担，只好另外租了个小一点儿的房子。白天上班，晚上和周末窝在家里看电影煮火锅编故事赚稿费，平淡但充实。我想，张狂之后的生活大体都应该是这个样子的吧。

这天，我正被 V 的演讲吸引得入迷之时，有人敲响了房门。我以为是快递，打开门门口站着的却是闪闪。

我错愕了几秒，好久不见。她微笑了一下，脚直接跨了进来。

她神情疲惫，眼圈浓黑，坐下来的第一句话却是，我要离开北京了，来和你道个别。

我一时不知道说什么，支支吾吾半天却问出一句废话："为什么啊？"

她没有理会我，起身走进了厨房，一会儿又探出脑袋："大厨，做一顿饭给我吃吧。"

我的心像是灌了铅般沉重，眼泪差点儿就进了出来。

我说："好啊，水煮鱼怎么样？鱼香肉丝呢？回锅肉要来吗？再来个清炒莴笋吧，我记得你好像很喜欢吃这个！"

她莞尔一笑："你说了算。"

四年前，我 18 岁，在一家酒店的后厨当学徒，干了半年，只学会了做水煮鱼、鱼香肉丝、回锅肉和清炒莴笋。当大家在群里争着叫闪闪去他们那儿的时候，我只是很没底气地打出一句——闪闪，想来我这儿吗？我做饭给你吃。那是我那时候觉得我能给她的全部。

后来，生活开始变得好起来。

当我在车站见到闪闪的那一刻，我觉得我的整个世界就是她了。

某个不眠的夜晚，我在笔记本上涂鸦：

> 我说："我最近计划了一段很长时间的旅行，需要一辈子才能走完，让我带你走行不行？不行我再想办法。"
> 她说："不行！"
> 我说："你不愿意跟我走，我就陪你走，即使某一天你的影子离开了你，我也会依旧在你身边。"

闪闪夹起一块水煮鱼，还没送进嘴里，我说："对了，我最近计划了一段很长时间的旅行……"

不负深情，

不负汝

文 / 凝佳恩

刚刚闪去的十一长假，我过得并不开心，因为假期还没开始就和阿梦吵了一架。

阿梦是我的女朋友，我们平时常常吵吵闹闹，总过不了多久就会和好，但那日闹得最凶；怒发冲冠的我甚至提出分手。

同样生气的阿梦，听罢一下子愣怔住了，震惊过后平静地说："我知道你最近和珑儿走得近，再仔细想想吧，如果你真的决定了，发短信通知我过来收拾东西。"

刚谈恋爱的时候，我们就规定，无论以后吵得多厉害，都不能轻易说分手，大学的三年也一直是这样做的。我以为自己可以长期容忍阿梦的缺点，一些女孩子共有的缺点，比如任性，比如懒惰，再比如粗心，至少在毕业之前不会对此介怀。

可当她不再对我撒娇，宁愿窝在家里看小说，也不愿陪我出去散步买烟时，我对她的淡然真有点生气。

这些气日积月累慢慢膨胀，渐渐成了我想要离开她的导火索，哪怕一件小事就足以点燃我的气愤，让怒火燃烧整个身体，脱口说出分道扬镳这种不负责任的话。

那天的争吵和旅游有关，原本出去玩的事宜全都安排妥当，临行的前一晚阿梦却变了卦，理由是新书的部分章节需要内容调整，她必须利用假期加以修缮，而对我的建议只有两个，要么陪她待在家里，要么一个人出去。

这两个选择，不管挑其中哪一个都能让我心塞上很久，产生一种她爱自己胜过爱我的感想，但最令我恼怒的还是阿梦拿无辜的人来做挡箭牌，明明是她对我愈来愈疏离，越来越不重视这份感情，却把我背地里干了对不起她的事说得理直气壮，好似我和珑儿真有什么。

坦白讲，珑儿是个人见人爱的姑娘，长得不算惊艳却很耐看，小巧玲珑谈吐文雅。和她相处下来，久而久之很少有男生不会对其生好感，我也不例外。

但也仅仅是单纯的喜欢，其中并无半点儿女之情，即使每天准时道早安和晚安，也只是出于欣赏，对她的善良的由衷欣赏。

是因为一起做善举，我偶然认识珑儿的。

过罢春节，我和阿梦先外出玩了一圈儿才返校，所乘的那趟火车，由甘肃始发开往 Y 市，春运还未结束，车上旅客本就比较多，加之一些无座的人不肯去抽烟区，纷纷蹲坐在过道上，车厢内被挤得水泄不通。

　　我和阿梦的座位是连着的，33 号和 34 号，偶尔换着坐，歪头靠窗听会儿歌，阿梦塞上耳机用手机看电影，我不喜文艺范儿的剧，随手翻翻书，看累了打算眯会儿眼，车厢里一阵骚动，传出喧嚣的声音，吵得我再无睡意，索性直起身子看热闹。

　　当时大家的视线都朝向西北方，我粗略估算了下，那边坐的乘客座位号大概在 100 号左右，那个区域一眼扫去坐的都是中年人，有男有女，其中一个穿粉色毛衣的年轻女孩，分外惹人注目，她正脸色通红地直挺挺地站在边上，死死地盯着趴在桌上的那位妇女。

　　我是后来才了解事情的来龙去脉的，妇人没买到有座票，女孩从始发站上的车，心疼她一大把年纪长时间站着吃不消，就自己出去给她暂时歇歇脚，结果这座位一让再也要不回了，妇人装睡，任凭谁叫都不醒，旁人好劝也不听，把列车长喊来也无济于事，她死皮赖脸霸着不放。

　　动静闹得很大，阿梦也受到了干扰，摘下耳机问我发生了什么，我没有理她，说去趟洗手间，心里却想回头将那热心的女孩带到自己那里，等我一番跋山涉水般走回去，路过原来的地方并没有见到人，随后看到女孩坐在我的位置上，是阿梦听了旁人解释主动领她过来的。

　　那个下午，我们三人挤在两张座椅上，之后又共同度过了一个晚上和上午。阿梦以创作为生需要素材，一路都在打听女孩的其他故事。我知道了她叫珑儿，生于兰州，当下在 Z 市上卫校，与我们学校离得不远，有个异地恋的男朋友，始谈于高中，今留于家乡。

到站分别之时，阿梦为继续挖掘灵感，特地要了珑儿的 QQ 号，我当时正在和妈妈聊天告诉她已回校，听完顺手加了珑儿为好友，用的是一个连阿梦都不知道的小号，那个号上有我的家人和亲戚，以及一些自认为比较重要的人，所聊内容阿梦不适合看到。

珑儿不是个话多的人，我不主动找她，她绝不会故意打扰，起初我们谈的大多是些再平常不过的话题，像天气、歌曲和美食，她会告诉我哪家的鸡煲饭便宜又好吃，让我带阿梦去尝尝。之后又熟悉一点，她和我讲本家的风俗和趣事，每次的最后结束语，总是亘古不变："好心哥，替我向梦梦姐问好，你俩结婚一定要提前通知我。"

她热衷喊我好心哥，我曾问为什么这样叫，她答因为我本可以袖手旁观的，却委屈自己免去她的腿脚之苦，旅途之中对她格外照顾。我回你又何尝不是一个善人，受此待遇理所应当，说完我们都笑了。

虽然她小我两届，却精通人情世故，深谙大道理，有着不属于那个年龄的成熟和睿智。

升入大四后，我变得忙忙碌碌，课余时间查阅资料做简历找工作，极少跟人在网上像从前那样侃侃而谈，和珑儿也不常聊天。

而阿梦，我们不是一个专业，她为了能在离校前将书的下半部分赶出来，找我的次数越来越少，我们见面的频率，逐渐从原先的一天一次变为一个星期一次。

当她提出一个月见一次时，我终于意识到长此下去有弊无利，便在外面租了房子，邀她过来一起住，事实是，一起住并没有我想象的那么美好。阿梦有深度的洁癖，忍受不了我在生活中的某些邋遢行为，我们时常为此吵得不可开交，我好几回摔东砸西，恼怒她为何不能像我包容她那样包容我。

和阿梦的琐碎矛盾，我气急败坏之时跟珑儿说过几次，她常劝我不要真的放在心上，气消后就赶紧去哄哄阿梦，还教我如何说能尽快让她由怒转喜，试了几次确实奏效，可也加重了阿梦的疑心，她时不时会像看出轨的男人一样，看着嘴笨的我，突然问那些招数都是跟谁学的。

女人真的是世上最难理解的生物，不说是错，说了还是错。

在一个深秋的晚上，我终于被阿梦的不可理喻逼得夺门而出，漫无目的地晃悠在大桥上，珑儿恰巧打来电话问我在哪里，听出来我声音低沉心情不好，不多时便匆匆赶来，手里拎了一提雪花啤酒。

那晚我们什么也没有说，珑儿只是静静地坐在桥沿上陪我喝酒，一提喝完并不过瘾，解不了千愁，我们又跑去酒吧一人灌了十几瓶。难得的是她只脸红，一点都不晕，最后反倒是我没出息地醉得不省人事，据说是她叫来阿梦一同将我扶了回去。

醒来之后阿梦已经不在屋里了，床头放着她留下的便签，说是家里有急事回去一趟，桌子上放着醒酒茶，厨房做了正保着温的午餐，我起来洗漱洗澡换上阿梦准备好的衣服，珑儿的短信出现在手机的屏幕上，让我有时间去找她，她有些话要非说不可。

卫校是职业技术类院校，场地只有我们大学的三分之一，珑儿花了一个小时带我逛校园，送学校的明信片给我，还请我品尝特色小吃，始终没有挑明让我前去的目的。在我欲开口问她时，她看看我的神色笑了笑说："我受邀晚上去朋友家做客，附近有家超市，我们去买点东西吧。"

家里的牙膏和洗发水用完了，我想顺道买些带回去也好，生活用品区不太好找，珑儿又是问阿姨方位，又是争着推车，蹦蹦跳跳忙得不亦乐乎，为让我前来却不能陪着吃晚饭而感到遗憾，坚持要买点吃的让我兜着走，挑我最爱的水果，还拼了一盘凉菜，死活要抢在前面结账。

我以为她不知我的口味，凉菜肯定是留给自己的，公交车来时，她却一股脑儿地把手里大包的零食全塞给我，一把将我推到了车上。直到开锁进门，我脑子都还是迷迷糊糊的，不懂她叫我前去的意图，也不明白她这一系列的举动是什么意思，莫名其妙收下厚礼，心不安可触动极大。

"遇到好姑娘，虽无饕餮盛宴却赠难忘之礼，恨晚相见，唯念当初，陌生如你，倾情思忆。"我在空间按下发送键，不到一分钟，下面评论已过二十条，朋友不约而同地问我和阿梦怎么了。

未久，我的手机响起，是珑儿打来的。

她在里头说："你我相识不足十个月，我这个陌生人随便做一点小事，都能让你感动不已，梦梦姐和你在一起已经四年，你随便一个眼神，她都猜得准你心里想什么，否则怎会领我过去坐，她默默付出这么多，你都是否记得。"

我一时被问得无言以对，直到珑儿挂断电话都没缓过神来，瘫在沙发上一直在反省自己，反省那个逼迫着阿梦大度和包容，那个多年以来肯为不认识的人发条说说，却从未翻看过她心情的自私的我。

我乍然想起，大一那年自己生了场险些命不保的大病，阿梦衣不解带地在医院照顾我几个月，想起自从和她谈起了恋爱，大学四年再也没自己洗过衣服，想起某个半夜，我恶作剧地说肚子饿，她穿着薄薄的睡衣翻墙，去肯德基给我买来夜宵，想起出门逛街，不管买什么她总先问我的偏爱。

原来别人做的感动我的事，阿梦也都全部做过，只是被无情的日子悄无声息地掩埋，被看作一种毫无根据的理所当然，被渴望如常一样浪漫的我，抛到脑后再未回头想过。

珑儿回家工作前，留下一封信，信上写着："平淡的爱情才适合生活，越相爱的两个人，越在乎对方的言行，会怀疑会争吵会大闹，像两只刺猬非把对方扎得遍体鳞伤才罢休，可真的分不开。给对方定下要求的爱，又怎能称得上不计回报的纯粹。"

我编辑短信回她："终身受益，定当不负深情，不负汝。"

忘记　一个人

最好的方式是认识另一个人

文 / 南陈

1

认识米粒的时候，她正经历人生中最痛苦的一次失恋，每天梨花带雨地让她一度怀疑起人生来，恨不得将全世界所有的男人都诅咒一遍，想象他们被各种最残酷的刑罚折磨。

当然这都是我之后才知道的，要是我当时就知道，我是断然不敢招惹这样一个姑娘的。

我们是这样认识的——那天我天时地利人和都不在，就连五行都缺了金木水火土，在我挨个给朋友打电话，让他们出来陪我吃饭的时候，原本跑得比兔子都快的他们全部以各种匪夷所思的理由拒绝了我。我在诅咒他们吃泡面没有调料包的同时，决定到小区门口那家沙县小吃吃个鸡腿饭。

那是下午两点多钟，早就过了吃中午饭的时间，小吃店老板像个城市闲散人员一样懒洋洋地坐在店门口晒着太阳，见我走进店里才心不甘情不愿地从凳子上起来。我问他要了一份鸡腿饭之后，选择靠近窗子的位置坐下来。

这样的场景我经历过很多次，没有什么值得仔细推敲的地方。

就在我开始吃饭的时候，抬头无意中看到窗外站了个姑娘。见她看我，我迅速低下头来吃饭。没想到她径直走进来，在我对面坐下，看着我面带委屈小声地问我能不能不要吃鸡腿。当时的我正拿着偌大的鸡腿往嘴里送，听她这么一说，我只能拿着鸡腿停在离我嘴唇大约三厘米的地方。

我以十万个为什么的眼神看着她，试图寻找她不让我吃鸡腿的原因。我当时第一个念头是难道她想吃，我迅速整理一下心情，把鸡腿放回盘子里，小心翼翼地推到她面前。

她的眼睛一刻也没有离开过鸡腿，随着我的动作，她的头也低了下去。看着眼前的鸡腿，她先是小声啜泣，紧接着哭出声来。

听见哭声，店老板从门口冲了进来，用那种简直就可以杀人的眼神死死望着我。

我尴尬得手忙脚乱，连桌子上的抽纸都被我抽得惨不忍睹。

当我把抽纸递给她的时候，她将我手里的抽纸打掉，梨花带雨地跑了出去。

我再次平息了一下心情，重新把鸡腿拿在手里，就听见店老板说："吃吃吃，怎么不吃死你，你还有心情吃，你不应该去追吗？"我吃个饭招谁惹谁了，在深情看了鸡腿几秒之后，我最终还是放了下来。埋完单之后，我追了出去。

我就想安安静静地吃个饭，这都在搞什么啊！

2

米粒跑到小区里面的小花园里，坐在长凳上，继续她的眼泪史。而我坐在她旁边，随时准备给她输送纸巾。

大约五分钟后，她抬头看着我，说她渴了，想喝香芋味奶茶。这姑娘真不客气，在我正在犹豫要不要给她买的时候，她竟然还告诉我她的奶茶里不要放珍珠。

等我把奶茶买来的时候，她停止了哭泣，接过我递过去的奶茶，一口气喝了个精光，然后又直直地看着我的那杯。我只好忍痛割爱，把我的那杯也递给她。

等她把两杯奶茶都喝光的时候，我连呼吸都还没有调整过来。她怯怯地对我说了声"对不起"，而我一时语塞。

她告诉我她最近失恋了，谈了六年的男朋友劈腿，在瞒了她一年半之后，自己最后主动承认了，要不是她男朋友主动承认，也许她永远都发觉不了。

她和她男朋友从高三那年就确定了关系。在那个每天二十个小时都不够用的关键时刻，他们的恋爱总显得有点扯淡而不合时宜。可即便在父母和老师的多重压力下，她依旧义无反顾地坚持了下来，为此她连续好几个星期都没和父母说过一句话，她甚至还做好了私奔的准备，要不是她父母及时发现她的异常，后果还不知道会怎样。最后三方会谈，她、她男友以及她父母达成协议：在不影响她学习，确保能考上本科的前提下，同意他们俩有条件恋爱。

为了能和她男友在一起，她更加拼命学习，原本成绩只能说还凑合的她最终如愿以偿地和她男友一起考取了南京的一所重点大学，这不仅出乎所有人的意料，还用事实证明了谈恋爱并不一定就影响学习。她成为了他们那所高中的传奇。

男友家庭条件不是很好，为了给男友加油打气，从大二开始她就和男友一起做起了兼职。她憧憬过以后的生活，可以没有房没有车，一日三餐粗茶淡饭，只要有他，一切都是值得的。她知道男友喜欢吃鸡腿，两个人一起回来，她总要在学校门口买一个鸡腿给他。

大学毕业以后，她放弃了父母给她在老家找好的工作，选择和她男友一起留在南京。虽然生活很苦，远不如她在老家那样舒适安逸，可她愿意这样继续下去，因为她能感觉到一切都是向着好的方向发展的。男友也足够努力，用了不到一年的时间就坐到了他们公司的中层职位。

就在她继续做着美梦的时候，男友实在不忍心再骗她，最终向她坦白。原来她男友刚毕业不久，因为工作关系认识了一位女孩，这女孩并不比她优秀，唯有一点她远远比不上，那就是那女孩可以让他的前途更加光明，说白了，就是能让他少奋斗几年。

米粒打死都不会相信昨天还对她嘘寒问暖，给她端茶倒水的男人会背叛她，投入另一个人的怀抱。

男友收拾了自己的东西，离开了他们租的房子，一样他的东西都没有留下，就连味道也都在冷漠中荡然无存。

直到男友离开，米粒才反应过来。她没有低三下四地求男友回心转意，也没有寻死觅活就好像天要塌下来，她唯一的方式就是哭，随时随地都能大哭一场的她就像这个季节的风一样，寒冷潮湿不近人情。

遇到米粒那天是他们分手的第二十一天。米粒说她并没有刻意去记住这个时间，可是每天早晨它就像日历一样显示在她的脑海中，让她无处遁逃。

虽然米粒试图用平静的方式去讲述，我还是听出了其中的不甘心。

3

米粒笑笑说："要不我请你唱歌吧。"我还没来得及反应，她就说："就这么决定了。"说完，她站了起来，做了两个深呼吸，自顾自走了。

似乎我也只能跟着她走。

我们要了一间迷你房，两个小时。在她声嘶力竭了一个半小时之后，才把话筒递给我。我一首歌都还没有唱完，她就喝光了桌子上的十二瓶啤酒，然后一动不动地躺在沙发上，睡着了。

后来，我又续了两个小时，我实在不知道怎么应对我面临的情况。

包间里安静了下来，连她轻微的呼吸声都能听得一清二楚。我蜷缩在沙发的一头——她的脚下，不知道该想什么，只能眼神放空看着大屏幕。

一个多小时之后，米粒醒了过来，迷瞪着双眼，像是失忆一样皱着眉毛问我是谁。我回应她一个无奈的表情，那一刻我也犯了迷糊，我也不知道我到底是谁。

若干秒之后，米粒才清醒过来。

"我送你回家吧。"

"不回，我饿了，我想吃火锅。"米粒的态度不容置疑。

中午我就没吃饭，肠胃君早就抗议了好久。

吃完火锅，已经很晚了。几个小时之前还完全陌生的两个人此时正肩并肩走在路灯昏黄的马路上，总让我有种不安的局促感。而我本来其实就想吃个鸡腿饭而已。

米粒和我住在同一个小区，我住在离小区门口不远的一幢楼里，她租住的房子在小区深处，虽然有路灯，到处依旧是黑压压一片，从里头出来个人或者蹿出条狗都不太容易发现。我将米粒送到她家楼下，在她打开楼道门之后，我也转身离去。

4

第二天早晨，天还没亮，米粒的连环呼叫将我从沉睡中唤醒。拿起手机，我刚想把我知道的所有脏话全部招呼出来，一听是她的声音，立马没有了勇气。我问她什么事，她说经过一夜的深思熟虑，她决定要忘记她前男友，但是在忘记他之前，她要展开疯狂的报复行动。

反正和我也没有什么关系，我就回应她说好。一听到我说好，电话那头的她没心没肺地笑起来了，然后说："那咱们的疯狂报复前男友计划小组就正式成立了啊，我是组长，拥有至高无上的权力，你是组员，拥有绝对服从组长的义务。"

听她这样说，我吓得一激灵，脑袋也瞬间清醒很多，忙问她说什么。我还没问出来，她就挂了电话，再打过去便是"你好，你所拨打的电话已关机"。

这一通电话让我一天工作都不在状态，连我们老大都戴着有色眼镜猥琐地问我是不是谈恋爱了。

下午快要下班的时候，我接到了米粒的第二个电话。上来她就直接问我在哪儿，我说在上班。

"地址！"

我把公司的地址给她。

"等着我，半小时后我去找你。"说完，她又把电话挂了。

下班之后，我在公司又等了将近一个小时，她才姗姗来迟。

"我想吃烤鱼。"她可真不把自己当外人。

"大姐，我弱弱地说一句啊，准确地说，你迟到了五十七分钟零二十八秒。"

"堵车。"

我在心里拳打脚踢她一顿之后，带她到公司附近的一家饭店吃了烤鱼。

等待上菜的空隙，她从包里拿出若干份文件来，当她递给我的时候，我才赫然发现每份文件的抬头都写着"报复前男友计划书"。敢情她这一天什么都没干，专门干这个了。

我心里一虚，手一抖，文件散落在桌子上。

"怎么了？害怕了？今天早晨我们可是说好的。"

"当时我还没反应过来，你就把电话给挂了，我给你回过去，你就关机了好吧。"

"我不管，反正你是答应了的。"

"报复你前男友，我倒不反对，可我们能不能选择别的方式呢？能不能别整得像电影一样？你这泼硫酸、制造车祸、绑架戏码都出来了。"

"那你说怎么报复？"

我们边吃着烤鱼，边商量怎么报复她前男友，最后也没商量出什么结果来。当我拿着刷卡小票的时候，我有种错觉，我觉得她不是报复她前男友，而是报复我来了。

5

接下来的一周，为了寻找报复她前男友的最佳地点，她开始了跟踪盯梢工作，将前男友常去的地方一一在地图上标注出来，然后每天晚上兴致勃勃地把一天下来的成果展示给我看，就像某些明星疯狂的粉丝一样。

一周之后，我照例在我们据点——小区门口的那家奶茶店等她。与前几天不一样的是，那天她并没有向我讲述跟踪她前男友的经过，只是默默地喝着香芋味没有珍珠的奶茶。

坐了一会儿，她抬头看着我，说她决定放弃报复前男友的计划。

这倒是我愿意看到的，只是我不知道她怎么一下子就想通了。

接着她又说："今天我跟踪他，他陪他现在的女朋友吃饭，他女朋友完全不把他当回事，想打就打，想骂就骂，看着原本非常骄傲的他现在变得那么低三下四，我突然觉得他比我还可怜。"

可是姑娘，你现在不是对我想打就打想骂就骂吗？我可没见你可怜我。

"我决定了，我觉得不报复他我也能忘记他。等哪天你假装一下我的男朋友，在他面前绕一下，我要彻底结束这段感情，重新开始自己的生活。"

我说好，我想问她能不能不要假装，要来就来真的，话到嘴边又收了回去。

6

那是一个星期六，按照原先的约定，我们假装一天的恋人。我们手拉着手假装与她前男友不期而遇，相互打了招呼，尴尬地笑了笑，然后擦肩而过。在将要转弯的路口，她轻轻放下我的手，我试图拉着她，没有成功。

那之后，我们有一段时间没有联系，她再次打来电话的时候我正在外地出差。她告诉我南京的生活太累了，父母想让她回老家。我依旧说了声好。

我问她忘记她前男友了吗？她反问我前男友是谁。我知道她并没有忘记，我也知道我不是那个能让她忘记前男友的人。

她说临走之前本想请我吃饭，可惜我在出差，不能回去。

我也应和说："是啊是啊，太可惜了，等有时间我去你那儿，到时候咱们再聚也不迟。"我就是个废物，我明明可以说现在我就可以买飞机票回去，去他的出差，去他的业务。

邮递时光

时光

欢迎来到时光书屋，这里有很多我们精心为你挑选的书籍，相信你一定会喜欢。如你所见，这里还有我们亲手设计的明信片，你也可以给我们留言，说出你希望看到什么样图案的明信片，说不定你下次光临的时候就会看见它摆放在你面前。

这里最值得期待的，是我们专门为你准备的时光邮局。你可以向未来的自己或者别人询问任何问题，只要你写好地址和收信人，贴上邮票，然后写上你希望收信人收到信件的时间就可以了。我们的邮递员——嘘，我偷偷告诉你，它们其实是两只龙猫，就像你在梦里梦见的一样——会按时送到的。

做完这些，你所要做的事情就是期待。期待在未来的某一天你收到过去的你或者别人写来的文字。或者，你会期待你写信给他（她）的那个人收到你的话语，然后给你回信。事实上，你会获得很多惊喜。

希望你在这里能够获得一段愉悦的时光，别忘了给未来也邮递一份甜美时光哦。

——时光书屋

房间

我对着电脑屏幕发呆很久，不知道要怎么开始这个故事。

起初我坐在椅子上，后来平躺到床上，眼睛因为昨天晚上过度熬夜而慢慢合上了。这时候闹钟的嘀嗒声闯进我的耳朵，并且在耳廓里面有规律地震动，让我这个急需睡眠的人心烦意乱。我将眼皮睁开一线，然后侧头将那个浑蛋锁定在我的视线之内，伸手取掉了它的电池。好的，现在世界安静了。

再醒过来的时候天已经黑了，房间里面有一些从窗户透进来的规则光线。我从枕头边摸到了手机，摁亮，显示现在是晚上11点。

开灯，喝水，洗脸，然后我又在那张椅子上面坐了下来。屏幕从黑到白，空白的 Word 上面一个字也没有。

我感觉还是很困，冲了杯咖啡之后我决定，这个故事从咖啡和信件开始。

故事

我在樱亭镇开了家咖啡店，咖啡与别家并没有什么不同。

　　我靠墙摆放了一个书柜，书不多，客人们可以随便取下来阅读。客人不多的时候我会把一切都交给店员打理，然后像一个普通客人一样坐在位子上看书，顺便观察着客人们。

　　另一面墙上有一个大柜子，上面有 366 个格子，每个格子代表一天。每个格子里面都放着花花绿绿的明信片或者信件。

　　来这里的每一个客人都可以给未来写一封信，写给自己或者别人，只要写上地址和需要寄送的时间，我就会按时寄送出去。客人们很乐意写信猜测未来畅想未来，我也很开心可以在关门之后偷看别人对于未来的想象。

　　有男孩给喜欢的姑娘写了情意绵绵的信件，然后指定在明年的情人节送到。有高二的孩子写给一年以后的自己，希望明年的这个时候已经收到了梦想的大学的录取通知书。还有很多千奇百怪的预言，这些人是预言爱好者，他们预想会发生外星人入侵，或者猜想明年的 NBA 篮球冠军。

　　不得不说，偷看别人的隐私是一件很开心的事情。

　　整整 366 个格子里面，塞得最满的是 2012 年 12 月 21 日这一天的，这个格子里面有着各种类型的信件。今天，这个格子里面又增加了一封。

　　那是一个穿着黑色长裙的女人留下的。她面容清秀，披散头发，踩着简约的高跟鞋。她身上有着一种与众不同的感觉，仿佛不食人间烟火般裹进浓厚却轻盈的黑色里面。这样的感觉似曾相识，因此从她悄无声息地走进店门开始，我的视线就一直在她身上。

她坐进角落里我常坐的位置，点了杯咖啡，然后起身从书架上挑出一张蓝色信纸，再坐回位置上开始写信。不多一会儿，信已写好，她交给店员，封好信封，走了。她的咖啡并没有动过。

我跟着走了出去，是夜晚，街灯稀稀落落地亮着，她已不知去向。我点了支烟，依然不习惯，呛着了。

明信片一

夏宁，今天是我第一次知道你的名字。

写完这封明信片我就会去认识你，我希望当你收到的时候，我们已经成为了很好的朋友。

现在是 2004 年 9 月 1 日晚 9 点 30 分。

它会在 2005 年 2 月 14 日到达。

回忆，2004

我在这个古老的城市生活了十五年，养成了和它相协调的慵懒性格。我的小学和初中在同一条街道上，而高中不过在隔壁的小区。我的生活范围很少跨出这些区域。

　　我很喜欢夏天，感觉像是我的身体本能地需要夏天一样。这个夏天，我开始在家和高中校园之间往返，骑着单车，行过四条街道和三个拐角。学校有一片茂盛的草地，盛夏之中，溢出淡淡的青草气息。草地周围是一圈我叫不出名字的树，高大挺拔，挡下一大片绿荫。我喜欢这片草地，放学后常常会在这里逗留一段时间。

　　我经常看到一个穿着一身黑衣服的女孩儿，她大概也很喜欢躺在草地上望天或者睡觉。她看起来容易让人产生不食人间烟火的感觉，不和人说话，表情不变。

　　通常我躺在草地上胡思乱想的时候，她也在附近，若有所思。也许这是一种默契，互不相识，互作背景。

　　事情发生在每年九月必至的一场暴雨里。毫无预兆的倾盆大雨，无处可躲的空旷地带，草地上的几个人慌乱地奔跑起来。我就在这样慌乱的情况下捡到了夏宁的学生证，躲到屋檐下之后我仔细看了看，是清晰的容颜。

　　那场雨并没有下太久，但是我却在那个屋檐下等到了天黑。

咖啡店

　　现在我需要找到她。

　　我在查看今天新增的信件的时候看到了那封内容奇怪的信件，

我记得留下这封信件的就是那个穿着修身黑色长裙的女孩儿，她是少数选用这种诡异图案的信封的客人。

我很好奇她这封信件是什么意思，也对她很好奇。我迫不及待地想再看到她，并且了解更多关于她的事情。可能我喜欢有故事也有秘密的女孩。

当然，我有办法再见到她，如果顺利的话。

我有一面镜子，穿越镜子，我就可以穿越到未来的时间和空间，我通过这面镜子来送信件。我会亲自出现在当年写信的人面前，不过那对于我来说不过是几个小时以前的事情。他们绝大多数不会记得我，偶尔能够记住我的，我只说顺便来这里。我很喜欢这样的生活，很喜欢看别人的未来。

但是我从来不去看自己的未来。

我按照她留下的时间穿越镜子，从 12 月 21 日的那个格子里面找出她的信，再按照她留下的地点穿越镜子，接着走进了这个荒凉的巷子。我穿着出发之前换上的冬衣走在寒风里面，找到信封上的地址，然后找到了房间，敲门。

我环顾四周，预言中的世界末日并没有到来，人类还没有灭亡，环境依然堪忧。

我想了很多，依然没有人应门。每一次穿越之后能待的时间都很有限，时间一到我就必须回到镜子面前，所以我没办法在这里待太久。

正在我打算回去的时候，从隔壁走出来一个老婆婆警惕地问我找谁。我说，我是来送信的，我找宁夏。

恍惚

我发现我犯了一个很大的错误，我在这里写的宁夏很奇怪，似乎是夏宁，似乎不是。我想她们之间的共同点就是都给我留下了一封我不知道内容或者我看不懂的信。我在想，也许我接着把这个小说写下去会找到答案。

我突然意识到我犯的另一个错误，我给宁夏虚构了一封信件，事实上我却根本不知道要怎么去写它。它只是像夏宁那封信一样，很吸引我。我决定先不写这封信的事情。

明信片二

夏宁，我料事如神吧，哈哈。

我说过我们会成为最好的朋友就一定会。

现在，我希望你收到这张明信片的时候我已经亲口对你说出这句话了：你可以做我的女朋友吗？我会好好爱你好好照顾你的。

现在是 2005 年 2 月 14 日早晨 7 点，情人节快乐。

你收到信件的时间是 2005 年 9 月 25 日，我们认识一周年的时间。

回忆，2005

我和夏宁认识之后很长一段时间依然和以前一样，像是陌生人，但是却充满默契。说起认识，也不过是把她的东西还给她，然后简单做了个自我介绍。

直到有一天，我在午休后的眩晕感中看到她跟着班主任走进了教室，迷迷糊糊中只听到似乎是从理科转到文科来的学生。

我旁边空闲得积了薄薄一层尘埃的桌子被仔细擦干净了。

于是我们也就这么熟悉起来。

上课的时候小声分享各自的见闻，为一些年少的糗事偷笑。或者写一些小东西，然后交换。偶尔会去喝杯奶茶，顺便买一些别的零嘴。更多的时候我们在草地上聊天，直到某一天我们发现草地已经凉得不能再坐下去。冬天快到了，我不喜欢冬天。

她似乎也不是我之前自以为的不食人间烟火。

我告诉她，在我家附近有一家很好的书店，于是我们愉快地决定周末一起去。我借了一辆看起来更好的单车，在约定的老地方接到她，然后载着她去时光书屋。两旁悬铃木灰白的树干匆匆划过。

她并没有环着我的腰，但是她身体的温度还是能隐隐感觉到。

我问她，和我在一起开心吗？

她说，你猜？

书店里面静谧得仿佛时间停止了流动。我们相靠而坐，读同一本书。两只手不期而遇，便纠缠在一起，带着从心脏涌出的血液的律动，仿佛将两颗心连接在了一起。

在我们旁边的那堵墙上，还有一封将要邮寄给她的明信片。

那之后我们每个周末都去那家书店，坐在老位子上，阅读一本安静的书。时间缓慢过去，到了冬天，到了寒假，然后又是开学的日子，正好是情人节，她收到明信片的日子。

她把那几行简短的文字折进了包，然后说，放学后去书店吧。

那个傍晚我们分别写了一封信，约定时间是 9 月 25 日。

秘密

那个老婆婆想了一会儿说，是有一个叫宁夏的女孩儿，但是她早在去年夏天就已经离开，她不知道宁夏去了哪儿。

我决定先回到我自己所在的时间——我随身带的手机会提醒

我我所存在的时间，这样我不会迷失，也不会出现差错。我再去宁夏留下的那个地址，这次穿着几个小时前见到她的时候的衣服。敲门很久，旁边出来的老婆婆说她刚刚搬走几天。

我回到咖啡屋，颓废地坐在椅子上，然后重新看了一遍她留下的这封信件。

她给自己写了一封内容奇怪的信，留下的地址却是她已经搬离的地方。我越来越想不通了。

我想她应该有她的什么理由，故意要这么做，也许这是她的秘密。

那之后，我常常在恍惚间想起宁夏。有时候也会去那附近看看有没有她的踪影。

凌晨

头很疼，因为这个荒诞而且没有逻辑的故事。它在折腾我。我开始想我写这个故事的动机是什么。也许是因为夏宁，也许不是。

我把这个故事看了好几遍，我想从我写下的这些语句里面猜测我的想法，但是，很显然这没有作用。我虚构了一个场所，虚构相遇的一种方式，我们甚至没有说一句话，然后她就失踪了。我把这个故事写得糟透了。

这个故事我必须放一放了，因为我不知道为什么要这么安排，更不知道将要怎么安排。

现在我需要睡一觉，也许只是一小会儿，也许不是。我的生活真是一片混乱。

明信片三

夏宁，你知道吗，这家店在我很小的时候是一家小饭馆，我5 岁的时候它变成了一家小卖部，第二年这里成了电玩店，一直到我 14 岁。我 15 岁的时候这里变成了现在的时光书屋，然后我认识了你。我希望这家书店一直开下去，见证我们的故事。

你愿意在老了的时候，还和我玩这样的游戏吗？

现在是 2005 年 12 月 25 日晚上 9 点，圣诞节快乐。

你看到这些文字的时间是 2007 年 4 月 30 日，你的 18 岁生日，生日快乐。

回忆，2006

夏宁成为了我的女朋友。这应该算是理所应当的事情吧？我们同时写的那两封信，有着相似的文字。我们一起收到存放了半年的表白，就是这么简单了。

我们在日常的反复里面度过漫长时光，就像是乘坐滑翔机或者热气球，风去哪儿，我们也就去哪儿。

青春慢慢盛放，我们一点一点成长。很多牵手的岁月停留在草地上，停留在书屋里，停留在梦境里。单车划过熙熙攘攘的人群和车流，当然也划过我们的锦瑟年华。

我们就在小欢笑、小别扭、小忧伤、小感动中沉醉。

上海

我开始去想我为什么要写这样一个故事。

四年前我来到上海，在这个别人嘴里或纸醉金迷或小资情调的城市里面忙碌。当然，是庸碌无为。

大学四年我认真学习，学到最后才发现，我才是什么都没有学到的那个人。而我的那些同学都学会了在这个世界中圆滑处世，于是高高兴兴上班去了。

为了打发无聊的时间，我开始写一个很长的故事。有着魔法效果的镜子、一家奇特的咖啡店、一个让人产生无限好奇的女人、一封无法解读的信件、一段不可思议的旅程、一个荒诞古怪的念头，等等。

我每天的生活都很混乱，睡两个小时，然后接着写，写到眼皮再一次撑不住的时候就去睡下一觉。每一次我都会很快醒过来，然后是下一个轮回。觉得肚子饿了的时候，我会泡一碗泡面。

直到有一天，我发现这个故事需要一个结局了。

故事终结

因为这面镜子不能回到我的现实时间以前，所以我无法回到过去去寻找宁夏。我不停地穿越镜子，穿越到未来这一年半中的每一个时间和空间去寻找她，我一直在重复这件事情。这样的重复让我越来越混乱，我开始搞不清楚时间。

当我的手机没电的那一刻，我的时间被彻底遗失了。或者说，我的世界再也没有了时间。

终于有一天，我盯着镜子里的我看了很久之后，我径直撞破了那面镜子。我看到她一直在我的镜子背面。世界定格在那个瞬间，再也不会改变。我距离她如此近，一丝一毫都清晰可见。

但是我不知道，我眼前的人究竟是夏宁还是宁夏。

故事的另一半结局

宁夏在 2012 年 12 月 22 日回到了那个布满尘埃的房间，仔细打扫好房间的每一个角落。她出门买了很多东西，回来的时候看了看信箱，里面空无一物。

尾声

今天，她和往常一样，下班后来到附近的小菜场，打算赶紧回家做饭，洗个澡，然后舒服地躺在床上睡个好觉。

晚饭的时候，她的父母开始絮叨邻居家上个星期的婚礼，然后不知不觉间话题慢慢往暗示她应该找个男朋友的方向转过去。他们的声音混杂在电视机里面的新闻的声音里，让她提不起任何兴趣。

她说吃饱了，起身走进了浴室。剩下两个日渐衰老的人叹气连连，然后埋怨为什么老天爷不公平，然后又逐渐变成了两个人互相埋怨。那台电视机播放到下一条新闻——今日，上海某大学一名男生从六楼坠楼，不幸身亡，经警方现场勘查，初步断定导致意外发生的原因为窗户玻璃质量不过关。有关专家告诫市民，一定要谨慎选择……

电视画面上，一个面朝大地的男人身下的血迹已经开始凝固发黑。

温暖的水流沿着皮肤往下淌，她疲惫地看了看镜子里的自己。两条巨型蜈蚣一般的伤疤分别栖息在她的右臂和右腿小腿上。她一点也想不起来这两条伤疤是怎么来的，医生说车祸的时候撞到了脑袋造成局部失忆。她也因此而没有再接着上学，伤口基本痊愈之后去乡下休养了一年多，但依旧是什么也没有想起来。

再回到这个地方，找了份简单的工作开始维持生计，如果这一生再没别的意外，她的生活将永远这样下去。不过，应该也不会再有意外了吧？

关于那场车祸，她并不是很清楚，只是从父母偶尔的低声咒骂中大概知道是一个粗心的卡车司机和一个骑自行车的浑蛋学生造成的。

她没有想太多，她曾经花了不短的一段时间重新认识这个世界，最后发现这个世界是如此陌生。所以，一切也都无所谓了。

洗完澡，她从包里掏出手机，却顺带掏出了另外一包东西。

那是一叠本来应该在回来的路上顺带处理掉的信件。

她所工作的时光书屋是一家特色店，客人们可以给未来的自己或者别人写信，然后将信寄放在店里，到了时间店员就会投递到邮局去。但是因为各种各样的原因，有一部分信件最后会打上"查无此人"或者"地址有误"之类的字样被退回到店里。店员会代为保管一两年，如果寄信人发现收信人并没有收到的话还可以回来寻找。但是时间长了，这些信件还是会被处理掉。它们是被彻底遗忘掉了，被曾经的山盟海誓或者一时兴起。

这些本来是店长让她在店外妥善处理掉的——客人的隐私不能随便泄露，也不能让别人知道，不然影响信誉。结果，她却忘掉了这件事情而直接带回了家。

出于好奇，也或者说无聊，她一封一封看过去。花花绿绿的纸张因为年头和邮政旅途的原因已经变色发脆。

她突然看到一封收信人是自己名字的明信片。字迹有些稚嫩得工整，经过漫长岁月的摩擦已然模糊，但是她还是努力辨认了出来。寄信的时间是 2005 年，寄信人的名字却没有一点印象。不过收信人"夏宁"以及地址都准确无误。

她想了一会儿，依然想不出这个寄信人是谁，他和她有什么关系。

不过她没有为此纠结，她想，如果真的是重要的人的话，一定会按照约定让这家书店见证他们的故事吧。反正她就在时光书屋工作，如果这个"一生的朋友"回来找她，一定可以找得到。

躺在床上，她侧头看看窗外，这座城市的夜晚从来都是一个样子，行人很快消失在路灯交织的街道上。她安然入睡。

青海湖

我曾　去过

　　我们都曾在年少的时候爱过一个人吧，讲不出具体缘由地爱着。他多么像自己的一道影子，在生命里随时随地出现。

　　他挺拔如白杨的身姿、明朗如晴空的面容、干燥而瘦长的双手，闭上眼睛，就仿佛在眼前。当打开回忆的闸门，所有与之交往中的细枝末节都像电影里的每一帧画面，在永远地、不停歇地回放。但劝少年莫偏执，总有往事随风。

1

　　我被学校通知参加技能大赛的报道实习的时候，正在宿舍里逛天涯，看着一个虐心虐肺的帖子眼泪鼻涕流了一大把。

　　看得正起劲，电话响了起来。学生部的老师在电话那端说："桑榆啊，这次学校让你参加一个实习，学院一共选了二十三个人，你要珍惜机会！你一定要好好表现。"

我抱着电话，带着浓浓的鼻音说："谢谢老师，我会努力的。"

六月骄阳，我挥汗跑进开会的教室，看见一个熟悉的身影。他坐在教室的最后一排，眉舒目朗，正在低头玩手机。

旦正嘉措，哈，他竟然也参加了这次实习。学院里的专业老师都知道，摄影摄像系有个叫旦正嘉措的藏族学生，摄影技术非常好，刚刚在全国大学生摄影比赛中崭露头角。

整个动员大会，我一句都没听进去，周身被一种温暖幸福的感觉包裹着。只是到会议散场的时候，我都没有和他讲一句话。

教室门旁站了一个身形纤细修长的女生，她细长的眉眼有着旁人无法触及的风情。表演系的林禾薇，传说中是嘉措的女友。

嘉措看到她，唇角自然地上扬，迎过去打了招呼。

其实，对于去认识嘉措师兄，我有个小小的私心。我希望能跟他一起去一趟青海湖。

很小的时候，我在小姨的相册里看到过一张照片，戴着遮阳帽的小姨站在一片花海前面，身后是远山和白云，一切美得难以描绘。我心里涌出一股执念，很想去一趟照片里这个美丽的地方。小姨说，那是青海湖，在很远的地方。

自那之后，青海湖成了我的执念。我一直跟家里商量让我去一趟青海湖，但家里人总以不安全为借口不让我去。我软磨硬泡，爸妈才退让一步，就是要到 18 岁之后找到合适的人陪同去才允许。我已经 18 岁了。刚进大学我就开始搜罗合适的人选陪我一起去青海湖，或者老家是青海的人更好，只要顺路把我带到青海就好啦。

旦正嘉措就是这个人。

分组名单出来的时候，我恰好与嘉措一组。我是编导兼出镜主持，他是摄像。

那天，他走到我面前说："你就是桑榆啊，早就听顾北说过你。你眼睛长得很像我妹妹啊。"嘉措伸出手，我有些后知后觉地握着。他轻轻一笑，露出洁白的牙齿，阳光得一塌糊涂，继续说："我叫旦正嘉措。"我低着头说："你好。"

我跑着回到宿舍，把终于认识了旦正嘉措的事告诉了最好的朋友苏岩。

她有些担忧，说："桑榆，你不会是想通过这次实习跟嘉措熟悉，然后让他带你去青海湖吧？你不要把事情想得太简单。"

我坐在笔记本电脑前面查资料，准备明天的采访，不理会苏岩的劝告。

她见我不动，一下把笔记本合上，说："我说的可是事实。桑榆，你能不能不为了去一次青海湖就对嘉措学长这么投机取巧！你看你做了什么，竟然帮老师写论文让他安排你和嘉措一组！桑榆，你能不能醒醒！"

电话响了，嘉措用略带口音的普通话说："桑榆，刚才禾薇胃不舒服，我要陪她去医院，晚上的会议我能不能不去了？"

我回复道："没事的，学长你忙你的，我会做好明天的访前准备，明天现场我们再讨论具体怎么拍。"

苏岩深深看我一眼，转身出了宿舍。

隔天，我把准备好的稿件交给负责老师，他大略看了一眼沉声说："桑榆，今天的任务很简单，你和嘉措做三个片子就可以。"然后他拿着矿泉水和赛场的负责人开始聊天。

而我和旦正嘉措风风火火地赶到赛场的开幕式。

当天机械智能比赛项目里有来自青海的选手，我眼睛一亮，对着摆弄摄像机的嘉措说："要不咱俩做个少数民族参赛选手的采访吧。"

我笑着走在前面，去和那几个藏族少年打招呼。其中一个皮肤黝黑的少年对我一开口，我才意识到自己听不懂他在说什么。

我愣住，场面有些尴尬。

突然身后有个清亮的声音响起，他说："扎西德勒。"

那几个少年神色一顿，脸上顿时露出笑容。嘉措上前跟他们熟络地打招呼，就像多年未见的老友。

　　我站在一旁安静地听他们讲话。嘉措小麦色的脸激动得微微泛红，眼梢眉角都带着愉悦，神情那样光彩夺目。

　　不一会儿，他转过头对我说："桑榆，我跟他们说好了，一会儿让他们说一些关于比赛的心情，最后会集体给自己的队伍加油。你觉得行吗？"

　　我点点头。

　　嘉措还是指挥，一切进行得有条不紊。

　　拍完素材，我跑过去跟嘉措说："你能帮我要一个他们的QQ号吗？我看他们的参赛牌子上写着来自青海，我一直很想去青海湖，想跟他们了解点情况。"

　　他收拾着器材，不抬头地对我说："桑榆你早说啊，我家也是青海的啊。你有什么想知道的可以问我。"

　　我连忙说："真的可以吗？师兄你实在太好了！"

2

　　我并没有借着询问去青海湖的事情而过多地打扰旦正嘉措。

　　在我眼里，去青海的日子一定要在夏天。今年的夏天已经过了许久，我期待着明年暑假能够成行。所以，时间对我来说充裕得像泡发了的银耳，鼓鼓胀胀的，一点都不稀罕。

整个实习结束的时候，学院已经放暑假了。我跟嘉措打过招呼，我们小组负责的内容没有特别情况的话，周三我就会乘火车回家。

我给负责编片子的老师打了电话，确认没有事情之后又给嘉措打了电话。

电话那端声音有些嘈杂，我说："师兄，我跟老师确认过了，实习的事情算是圆满结束了。我回家过暑假啦，也祝你有个愉快的暑假。"

他忙说："桑榆，你在学校门口等我一下，上次你想要的青海湖的照片我洗出来了。我给你送过去。"

嘉措走过来的时候，学校门口停下一辆计程车，林禾薇优雅地从车上下来，她略过我，走到旦正嘉措面前说："你说好陪我看电影的，都拖了这么久了，什么时候去啊？"

嘉措笑了笑说："明天吧，正好你喜欢的演员有作品上线。等我一下，我先把照片给一个师妹。"

他递给我一个黑色的袋子，说："这是我之前获奖的作品，估计你会喜欢。其实我也很喜欢青海湖。"

我点点头，然后笑着说了再见。

3

过了很久，做事永远慢许多拍的学院为了奖励参加技能大赛实习的学生，特意发了几张超市充值卡。嘉措叫着我一起去超市买东西，在截止日期之前把里面的钱消费了。

那一天，我们买了许多零食和红酒。两个人坐在学院教学楼后面的石凳上喝酒。他问我："你喜欢过一个人吗？"

我看了看渐渐有些擦黑的天说："喜欢过啊，现在也喜欢着。"

"那你想过表白吗？"

"嗯，想过，但害怕被拒绝。"

"我也有个喜欢的女生。但我不是怕被拒绝，我是害怕她太喜欢我了。我明明知道她喜欢我，我也挺喜欢她，但我就是很难开口告诉她做我女朋友吧。"

我心怦怦直跳，我以为嘉措说的人是我。

我灌了一口酒，硬着头皮问："师兄，你喜欢的人是谁啊？"

他转头看了我一眼，自己也喝了一口酒说："你认识的。"

心又是一顿。

"是谁呢？"

"我们这届的林禾薇，你见过。"

我拿着酒瓶跟他碰了一下，然后仰着头喝了一大口。泛热的眼眶里有泪滚出，天黑了，没有人看到。

我笑着说："嗯，原来师兄喜欢她啊。她很漂亮呢。"

那一天，我们吃光了所有零食，喝光了所有红酒，我一个人哭哭笑笑发着酒疯，就像是为了给自己一个放肆的理由。我任由自己胡闹。我已经记不得是怎么回的宿舍，只是依稀能回想起嘉措无奈的眼神。

我默默地想，这一晚应该是单独与嘉措接触的最后一晚了。

隔天，我接到林禾薇短信的时候，正要和苏岩去食堂吃饭。

我想，当时我的脸一定很苍白，皱着眉仔仔细细地读了林禾薇那封杀气铮然的短信。

苏岩在一旁说："桑榆，你不要再和旦正嘉措来往了，更不要得罪林禾薇。你想去青海湖的话，大不了我和顾北陪你去嘛。"

我删掉短信，收起手机，对着劝我的苏岩说："苏岩，我知道的，你放心好了。"

苏岩叹气："桑榆，至少你真不应该招惹他。"

大概这些零零散散的小事惹得林禾薇并不痛快，所以给我发了那样撕破脸皮的信息。

我推开林禾薇宿舍的门，站在门口说："我喜欢嘉措，但我没有想过打扰你们的生活，你可以放心。"

她好看的眉峰皱成一道山，隔开哀伤的双眼，还未等我继续开口，她走上前一步，轻声对着我说："你要说话算数。"

其实，我哪里会说话不算数呢。至少，嘉措喜欢的人是林禾薇，林禾薇为嘉措着了迷，那我还掺和什么呢？

4

我和顾北、苏岩三个人走出学校食堂的时候，正好遇到来吃饭的旦正嘉措和林禾薇。

两组人都是一愣。

顾北笑着对嘉措抛媚眼说："来吃饭啊？"

嘉措和林禾薇相视一笑，简单地点点头，牵手离去。

还未走出几步，嘉措停下来向我走过来，说："桑榆，对不起，让你误会了。我家里有个跟你一样大的妹妹，她不在我身边，我就把你当作她来照顾了。"

是啊，是我自作多情。我使劲控制自己，才抑制住颤抖的声音说："谢谢你，师兄。"

他听完拍拍我的肩膀，转身与林禾薇走进了食堂。

我眼眶灼热，对着苏岩说："刚才吃的水煮鱼真辣，我都快被辣死了。"

顾北体贴地转身去学校便利店买汽水，苏岩拥住我，拍着我的背，说："爱有时是放弃，有时是忘记，爱也可以是一个人的事情。桑榆，你还记得我曾经笑你名字取得怪吗？东隅已逝，桑榆非晚。也许旦正嘉措原本就不是你的方向，你只要及时调整，一定会幸福的。"

说完，她指着远处跑来的顾北说："也许是他呢。"

大四的时候，学校组织去青海旅行，我推掉所有的事，盯着那张表格愣神。过了许久，我把申请表格撕碎了。

直到 2015 年 7 月，我才站在青海湖边，圆一场多年前自己的执念。

金黄色的油菜花在无边无际的田野里肆意绽放。我看着蓝天想起嘉措曾经给我看的一张照片，他像一棵挺拔的白杨站在青海湖前面，眉似远山，鼻挺如梁，唇角的笑意蔓延到整个夏天，健康的小麦色肌肤在白亮的日光里泛着微光。

时间会让人看清许多事情，我感谢自己曾经遇见过一些人，也感想少年时候不曾做过伤害别人的事。青春故事里的我们，都曾青涩、无畏，想要获得一份最纯粹的爱情。但，这并不意味着要去攻城略地，普通人的爱情哪有那么多鲜血淋漓的过往，像清风那样遇见过就已经美好得让人陶醉。

那些你曾经爱过的人，如果他不爱你，那就让爱留在回忆里。

有些故事还没讲完

那就　算了吧

文 / 丁麟

有些故事还没讲完那就算了吧，那些心情在岁月中已经难辨真假，如今这里荒草丛生没有了鲜花，好在曾经拥有你们的春秋和冬夏。

——朴树《那些花儿》

早上路小佳从长长的梦境中挣脱出来，半睡半醒，习惯性摸过手机来看一眼，有一条微信信息。点开，是一个高中同学发来的聊天截图。内容跟路小佳高中时候的女朋友有关，有人在群里问："张妍结婚了吗？"有人在下面回答："孩子都几个月了。"

路小佳当时迷迷糊糊的，急着睡回笼觉，给同学回了一个字："哈！"

第二次睁开眼睛，路小佳觉得终于彻底醒了过来，身体轻快了许多，再次把手机摸过来，手指在屏幕上滑动解锁，手机依旧停留在先前的微信聊天界面。

路小佳重新点开同学发过来的截图。

路小佳盯着屏幕上的信息看了一会儿，点了退出，把手机放在一边，很快又拿起，再次点开那张聊天截图。

久违了啊，这个曾经最熟悉的名字。

路小佳回想着上一次见到张妍的情景。

那是他们高中毕业之后的第二年，大部分同学都还在上大学，那年寒假有人组织了一次高中班里的同学聚会。

那天路小佳心情复杂，担心去参加聚会遇到张妍会尴尬，但是内心深处，他其实还是想再次见到张妍的。路小佳不想去参加聚会的另外一个原因是，当初他跟张妍大张旗鼓地谈恋爱，是班里最引人注目的一对，没想到一毕业就立刻分手，这让路小佳觉得不知道该如何面对昔日的同学们。

最终路小佳还是决定去参加这次同学聚会，他给自己的理由是，另外几个好哥们会去，自己至少该去见见他们。

聚会流程先是聚餐，之后再一起去唱歌。聚餐开始的时候，张妍并没有出现，这让路小佳松了一口气，同时又略微有些失落。也没有人提起路小佳跟张妍的往事，看来两年的时间足够冲淡很多事情，更何况大家对于自身以外的事情并没有真的很关心。

全班人占据了饭店的半个大厅，路小佳跟自己的几个好哥们坐在一桌，在人群中大声谈笑着，聊着一些过去的事情和各自的近况。

每一桌上都放着一瓶白酒，一开始路小佳不打算喝酒，担心喝多了有什么意外情况发生，但聊着聊着兴头上来了，能有什么意外，再说跟自己一桌还有这么多好哥们呢，喝！

就在路小佳刚刚开始跟一桌的同学们推杯换盏的时候，周坤和张妍牵着手出现在大厅中。

张妍留起了及腰的长发，穿着一件白色的长风衣，黑色的靴子，脸上看着似乎胖了一些，成熟了一些。

曾经的张妍是齐耳的短发，短夹克，牛仔裤，跟《海贼王》里第一次遇到路飞时的娜美一样张扬跳脱。

路小佳想过很多次和张妍重逢的情景，比如在他们上大学的同一座城市街头偶遇，比如在回家的车站正好同乘一班车。只是这些都没有发生，他们上大学的那座城市并不大，但也足够两个人彼此消失在对方的世界里。

很快就有人站起来招呼周坤和张妍入座，张妍被几个女生拉走，而周坤则向着路小佳他们这一桌走来。

路小佳、张妍、周坤，他们都是同一个班的。

周坤长得帅又会打篮球，会跳街舞会唱歌，讲得了笑话耍得了宝，高中时候身边经常围着一票女生。而周坤也绝对不是坐怀不乱的柳下惠，在花丛中游刃有余，跟许多女生都暧昧不清。

但是当初周坤跟张妍却是一个例外。周坤一直充当着张妍邻家大哥的角色，像呵护自己的妹妹一样呵护着张妍。

张妍恋爱的时候，周坤就默默守在一边，也不去打扰，只在她受到委屈的时候才会去安慰她，有时候还会去找张妍的男朋友理论理论。张妍失恋的时候，周坤陪着她度过最难熬的时候，带着她吃各种好吃的，带着她去疯玩。一直等到张妍开始下一段恋情，周坤再次变成默默的守护者。

那个时候"备胎"这个词还没开始流行，而即使是那时候已经有这个词，大家也不会觉得周坤会跟"备胎"这两个字扯上关系。

原因很简单，大家都相信如果周坤真的对张妍有所企图的话，根本不屑于用这样的方式来接近。王子要接近公主当然是光明正大就好，并不需要扮作马车夫。

反过来，张妍对周坤的感觉也是一样。

于是周坤和张妍便作为一段男女之间纯洁相处的佳话在一中广为流传。

路小佳看着依旧长袖善舞、频频跟同学们打着招呼走过来的周坤，心底发出一声冷笑，装了三年的"蓝颜知己"，最后还不是跟张妍走在了一起。

周坤跟路小佳微笑致意，并没有表现出任何不同，好像路小佳也只是一个普通的昔日同学，而非自己现在女朋友的前任，最后周坤甚至在路小佳左手边坐了下来。

路小佳努力做出一副不动声色的样子，跟周坤打过招呼，然后便自然地举起酒杯，招呼大家一起举杯。

大家彼此交流着现在的大学生活，回忆着过去一起逃课去泡网吧的日子。

其实这些"过去的日子"并没有过去多久，他们高中毕业还不到两年。

年轻时候就是这样，迫不及待地做出一副历经沧桑的样子。

路小佳也跟大家随口敷衍着，不时发出附和的大笑声，然后便是大家频频举杯。

喝完一口杯白酒，路小佳觉得身体有些飘起来，思维也活跃了许多。看着一起欢聚的同学们，路小佳突然间热血上涌，毕竟有缘同学一场，而且是最美好的中学时代，这是何等难得。今日重聚，自然应该放开了尽兴，自己过去那点感情挫折算什么啊，都翻篇了！

路小佳再次倒满酒杯，跟同桌的人一起大声说笑，互相敬酒，甚至跟周坤互相搭着肩膀搂在一起，看上去像是一对亲密的兄弟。

整个大厅就他们这一桌气氛最为热烈。受到感染的其他桌的男生们也闹腾起来，先是跟路小佳他们这一桌隔空举杯，然后便是一个个过来敬酒，跟每一个人都碰杯，打通关。

跟男生敬完酒之后，每个人又转向了仅有的女生一桌。女生们大都用饮料代酒，男生们为了显示自己的豪气，依旧是举着白酒跟每个人碰杯。

很快就变成了全班的大联欢，大家彼此互相敬酒，互道祝福，还有人趁着酒劲跟自己喜欢的女生说出过去不敢开口的话。

路小佳端着酒杯环视四周，觉得眼前的一切都变得迷离起来，目光所及，每个人的动作都如同放慢了一般，所有的声音都仿佛直接在耳膜中响起。

这是酒精上头的表现，路小佳却觉得自己此刻无比清醒，他在人群中搜索着张妍的身影。

今天聚会来的人不少，但是男生占大多数，女生只坐了一桌。张妍坐在其中，安静地笑着，偶尔举起饮料杯跟过来敬酒的人碰个杯，说几句话。

这是分手后路小佳第一次见到张妍，他努力回想着张妍跟自己在一起时的样子，却无论如何都无法将那个留着短发跳脱飞扬的女孩儿跟眼前这个长发及腰、娴静成熟的姑娘重合起来。

看来真是过去好久了。路小佳摇摇头，想着反正一切都已经结束了，大家也不必纠缠过去，以后见面就当是朋友吧。

这个时候有人在路小佳肩膀上重重拍了一下。

路小佳回头，是吴晓，他最好的兄弟。吴晓身后是冯志，也是他最好的兄弟。

吴晓说："路小佳你是不是想上去跟张妍说话又不敢啊？"

路小佳有些慌乱地向着周坤所在的方向看了一眼，发现周坤正在跟另外一群人互相敬酒，并没有注意到他们。

路小佳点点头："我本来打算去女生那桌敬酒的，但是必然要面对张妍，不知道该说什么好。"

"怕什么！把她叫过来，咱哥几个跟她单独谈谈，事情都过去了，有啥不敢面对的！"冯志手一扬，差点儿摔倒，被吴晓扶住。

路小佳还在低头想着到底怎样做才妥当，冯志已经摇摇晃晃地走到了张妍身边。

冯志说："张妍你过来一下，我有话跟你说。"

大厅里还有不少空桌，吴晓把路小佳拽到其中一张空桌旁坐下来，之后张妍便和冯志一起走过来坐下。

"要说什么，说吧。"张妍平静地说，脸上看不出丝毫情绪。

路小佳感到一阵失落，张妍如此平静，只能说明在她心中已经对路小佳、对和路小佳往日的那一段感情彻底不在乎。

无视便是最大的轻视，路小佳宁愿她翻脸拒绝冯志不过来跟他说话，或者表现出对他的怨恨，当然最好是失落、感伤这类型的情绪，都好过她现在这样完全不在乎。

路小佳努力挤出一个风轻云淡的笑容，按照自己心中排练过的某一种语气，自觉洒脱地说："张妍，好久不见了。"

张妍说："嗯。"脸上依旧没有任何情绪变化，甚至能够平静地看着路小佳的眼睛。

路小佳瞬间变得慌乱起来，不知道这场谈话该如何继续下去。

"都毕业这么久了，过去的事情就不要再放在心里了，大家以后还是好同学、好朋友，来，干杯！"冯志大声嚷嚷着接过话茬儿，却是给路小佳解了围。

于是张妍举起手中的饮料杯，大家碰了一下。

事情到这一步总算顺利，路小佳心中松了一口气，不论是否完美，总算是两人分手后再次重逢，路小佳觉得以后终于可以坦然面对张妍了。

"我们把周坤也叫过来，大家一起喝杯酒，以前的事情就都让它过去吧。"冯志提议道。

路小佳犹豫一下，但并没有反对。

"周坤！周坤！"冯志冲着另外一边叫着，"过来一下！"

　　路小佳看着周坤把酒杯放在面前的桌上，推开身边的一个同学，快步向着他们这边走了过来。

　　"几个意思？你们不要太过分！"在距离路小佳还有十几步远的时候，周坤红着眼睛拿手指着路小佳他们几个人吼道。

　　路小佳愣住了，他不明白周坤为什么突然间就爆发了起来。

　　"你骂谁？"路小佳身后，吴晓一拍桌子站了起来。

　　"耍横是吧！"周坤向着吴晓扑了过去。

　　"都别激动啊，不是你想的那么回事！"路小佳着急地向着周坤解释，同时伸手把周坤拉住，避免他跟吴晓打起来。

　　没想到这一拉，周坤身子一个趔趄便向地上倒去，路小佳退一步想要扶住周坤，结果自己也随着周坤的身子一起倒下，两个人摔倒在地上。

　　在别的人看来，是路小佳抱着周坤把他摔倒在地上。

　　躺在地上的路小佳觉得天旋地转，周围传来女生的尖叫声，正在喝酒的男生们迅速赶过来，尖叫声混合脚步声和桌椅挪动的声音，场面一片混乱。

　　很快有人把周坤和路小佳扶起来，分别拉到一边。

"彪子、阿力、驴子，是兄弟就跟我一起上，我今天要弄死他们！"周坤面目狰狞，大声叫着跟自己关系好的哥们的名字，同时抄起一张椅子冲了过来。

吴晓和冯志也大声骂着抄起了椅子，很快双方都被男生们隔离开来，冯志不知道怎么倒在了地上。

路小佳站在人群后怔怔地看着这一切，他不明白事情怎么会演变成这个样子，他真的只是想找张妍说句话而已。

班长过来跟路小佳说，你看现在变成这个样子，还不如你跟吴晓和冯志先离开，我们把周坤他们安顿好，过会儿大家酒醒了再会合。

路小佳六神无主，茫然地点点头，跟着班长走出饭店，在外面看到了被几个男生拉到一边的吴晓和冯志。

这个时候，周坤咆哮着从饭店门口冲出来，又被其他人拉了回去，班长催促路小佳他们赶紧离开。

路小佳茫然四顾，看到了刚才随着周坤一起出来，此时也要转身进饭店的张妍，于是快步走上前，拦在了张妍面前。

"怎么？想对我也动手？"张妍表情冷冷的，目光中是毫不掩饰的厌恶。

路小佳想说的话全哽在喉头，张妍绕开他快步走了进去。

有一个过去跟路小佳他们几个关系不错的同学，过来把路小佳三人强拉硬劝离开了饭店门口，在附近找了一家宾馆开了房间。

冯志大吐一通之后躺在床上睡着了，路小佳和吴晓抽着烟聊天，不多时也昏昏沉沉地睡去。

醒来的时候已经是晚上，三个人商量以后并没有再去找班里的人。第二天各自散去。

此刻路小佳这条手机上的截图信息是他们高中同学的班级群的聊天信息。那次差点儿以打起来而结束的聚会之后，路小佳再也不参加任何班级集体活动，除了几个关系不错的，跟大部分的高中同学也断了联系，所以路小佳并不在这个班级群里。

其实事情早已过去许多年，当初的争执现在看来幼稚可笑，路小佳早已不放在心上，只是这些年路小佳对于任何集体活动的参与热度都已经淡去。反正当年要好的同学也就那么几个，毕业后也一直保持着联系，跟其他人多时未见，再见面只会显得疏离，还要刻意说一些不冷场的废话，过后大家依旧各自过各自的，过去没有交集的，并不会因为一次聚会就变得有多亲近。

要不是同学发过来这张截图，路小佳很难想起这些陈年旧事了。

其实后来路小佳也从别人口中听说过张妍的一些消息，知道她结婚了，新郎并不是周坤。

这些年过去，路小佳后来也谈过几个女朋友，都没能走到最后，如今还是单身一人。他本来以为任何关于张妍的消息都不会让他有所触动，没想到在这个周末的早晨，竟然会因为一条聊天信息回想起如此多的往事。

　　曾经路小佳以为自己会很早结婚，到现在这个年龄，孩子都该上幼儿园了。没想到如今早已过了晚婚晚育的年龄，却依旧单身一人，结婚眼看遥遥无期。路小佳幻想过自己结婚后的生活，每个阶段都有所不同，根据自己当时的状态去幻想婚后的日子。现在他已经想不出来了。

　　而那些曾经跟他在一起的女孩儿，如今也各自散落在天涯，不知道她们现在都怎么样了？

　　路小佳把手机放下，开始努力地回想着他跟张妍在一起时的情景。

　　路小佳想起大风雪中去她家楼下站着的那个晚上，当时觉得能在楼下向着她的窗口看一眼，知道自己爱的人正在那里安然入睡，就会无比安心。

　　路小佳想起送张妍回家后在她家楼道里激烈拥吻，听到她妈妈开门，像兔子一样飞奔下楼去。

　　路小佳想起张妍生日宴会上，他跟学校那些追求张妍的混混一口一杯白酒拼酒的情景。

　　路小佳想起每次他逃课打游戏回来，顾不上吃饭，张妍都在他课桌抽屉里塞各种零食。

　　路小佳想起毕业的时候，他骑着自行车载着张妍骑行十几公里去城外的山沟里拍照片。

路小佳想起张妍跟他提出分手的时候，他一个人身在陌生城市的街头，抱着自己的哥们儿放声大哭。

这些片段还历历在目，但也仅仅是片段而已，路小佳无法想起他们在一起的一些连续的情景，无法想起那些日常的相处。能留在记忆中的只是那些如同烟花一样灿烂的瞬间。

任凭路小佳如何努力，还是有很多事情想不起来了，比如路小佳记得他跟张妍是同桌，却想不起他们是如何成为同桌的，能想起来的，就是他们已经是同桌后的情景了。

路小佳突然无法抑制地伤感起来，曾经他以为会一起走一生一世的姑娘，很快就分离，曾经他以为永远都不会忘记的事情，许多细节已经无法想起，只留下一个模糊的印象，也在日益消散，终究会离他远去。

大概跟她永远不会有和解的机会了。

但是如今她嫁人了，已经生了孩子。无论他们以后的人生还有什么样的际遇，还有没有相逢的机会，他们都能各自很好地生活下去。那些过去既然消散了，那就让它散了吧。

许久路小佳拿起手机，跟同学回复道："她结婚了啊，已经生孩子了啊，这很好，真的很好。"

我爱

你是爱我的

文 / 宋染青

前段时间，好友大 C 又给我介绍相亲对象了，我一气之下跟他吵了一架。

我说："你是不是怕我嫁不出去，最后赖你身上？你放心，我就是要饭也要不到你家门口，别一天天过得战战兢兢的，想方设法嫁掉我你才安心。"

大 C 听到我这话，脸拉老长，瞬间就火了，说："小卷你怎么好歹不知啊，我这么忙前忙后地给你张罗，到你这儿都成算计你了是吧？小人之心！"

我们俩吵了一架，一个半月没联系。事后我也觉得自己无理取闹，但终究还是拉不下脸来主动讲和。

也不知道是不是我的错觉，一旦进入某个年龄段还没有谈婚论嫁，周围的女孩子一见到你就如临大敌，好像你随时会撬走她的男朋友一样。

这就是当年风行一时的"单身公害"吧。

我本来对婚姻并不抱有期待，甚至往前推几年更觉得一辈子对着一张脸，想想也腻歪。婚姻是枷锁，是牢笼，这不是诸多已婚人士向我们传达的信息吗？那为什么还有那么多人前仆后继？我觉得潇洒如我，该有一段如艺术家一般的人生。如果真的遇到什么非嫁不可的人，肯定就顺理成章地结婚了。

但我爸妈坚决不让我做艺术家，相亲安排了一场又一场，恨不得上演车轮战，我什么时候倒下，这事儿什么时候算完。终于，我迫于压力，跟一个叫杨好的样样都好的男青年谈恋爱了。

我爸妈那边也终于消停下来。

我们偶尔也有小摩擦，但杨先生他宰相肚里能撑船，每次都包容我。所以我想，如果婚姻生活就是这样的话，如果人非得结婚的话，那么遵从父母之命也不是全然不能接受。

一个多月前的某天，那天和每一个工作日一样，再正常不过了。我9点到公司打卡上班，匆匆吃过早餐就开始了一整天繁忙的工作。

项目经理先是把我设计的稿子打回来修改了七八次，连带着提了三五个新需求，接着开了一个半小时的头脑风暴会议，最后又有同事把我之前设计过的稿子打回来，跟我说客户觉得还是第一版比较好，让我改回去。

一切工作结束，恰好是下班时间。我收拾东西还没踏出公司大门，就接到了杨好的电话，我以为他要接我去吃饭，没想到他是来谈分手的。

他说他妈妈嫌我妆太浓脸太艳，时不时还穿一些稀奇古怪的衣服，看起来不像个好女生，还是打算给儿子找一个听话的儿媳，免得将来欺负她家"好好"。

我当时觉得简直莫名其妙，就算提分手也不应该只打一通电话这么草率啊！想想也觉得不能吃这个亏，我说你告诉阿姨，我不光看起来不好，我习惯也不好，我吸烟酗酒无恶不作。离我远点儿吧你！

挂断电话越想越不是滋味，何必呢，分手而已，为什么他把他妈妈说的话一字不漏地都转达给我？非得临走之前踩几脚才甘心？

我气哼哼地走出公司，本打算去地铁站坐地铁回家。可一想，我刚失恋，天大的事儿！索性放纵自己一回，打车回家吧。

一钻进出租车，司机就开始跟我聊天："姑娘给你打表了哈，姑娘做什么工作的，姑娘多大了，姑娘怎么了，跟男朋友吵架了……"

我白他一眼："我能不跟你聊天吗？我男朋友今天刚死，我现在正伤心呢！"

司机一听，天大的事儿，终于安静下来。

虽然跟杨好相处时间不长，但我还是觉得有些伤心，大小也算是一场失恋，我琢磨着应不应该找地方酗个酒，缓解一下。可仔细一想，又没伤心到那个地步，于是让司机调转车头，还是回家看美剧吧，明天醒来又是一条好汉。

第二天，我比平时起晚了二十分钟，醒来的时候几乎是"噌"地一下从床上弹了起来，抓过手机一看，闹铃没响。

我一边哭丧着脸洗漱，一边后悔自己不该看美剧看到凌晨两点半。这要是迟到了，又得扣钱。

洗漱好后，我套上 T 恤蹬上高腰牛仔裤，踩上橙黄色的高跟鞋，对着镜子左看右看，终于出了门。

一出门发现夜里刚下过雨，时值 B 市春末夏初，早上气温不高。我的 T 恤下摆宽大，一阵风过来就吹个透心凉。我急忙伸手拽，可惜顾了前头顾不了后头。正纠结呢，又一阵风吹过来……感觉整个人都要死过去了。

路上人来人往，大多都是赶着去上班的，我抱着胳膊艰难前行，尽量挺直身体，表现得像个正常人。

就在这时，搭救我的英雄从天而降了。英雄说："我这儿有件衣服，你先拿去穿吧。"

搁在平时，碰见陌生人搭讪我跑都来不及。但这位英雄不一样，这位英雄他五官周正，当然这不是重点，重点是我看着他觉得很眼熟，看着他身边跟着的黑色拉布拉多也很眼熟。稍加回想，原来之前经常看见他在小区里遛狗，遛的就是英雄身边的这位仁兄。

这么说来，我们大小算是邻居，所以欣然接受帮助。毕竟这年头助人为乐的事情不多，一旦遇到就该鼓起勇气接受。

我笑着道谢，跟他要了电话号码，说洗好还给他。临走前，他告诉我，他叫叶习。

那天，大 C 突然打来电话，说请我吃饭。自从上次跟他闹别扭，我们之间就没联系过。不过我们认识这么多年，早有了默契，闹了别扭之后，只要有一方主动讲和，对方就不能再揪着不放。

下了班我就收拾东西出了公司，按着大 C 给的地址找到所在餐厅。一进门就看见大 C 和他女朋友胡朵朵坐在卡座里有说有笑。我料想胡朵朵同学不能让大 C 孤身赴约，果不其然跟过来监督大 C 和我了。

大 C 自从被胡朵朵捕获之后，就失去了自由之身，他经常打电话跟我抱怨胡朵朵的霸道，天天哭着喊着说要分手。所谓一物降一物，胡朵朵同学虽然总给人一种糊里糊涂的感觉，但其实精明得很，最懂得怎么拿捏大 C。

所以每次大 C 给我打电话历数胡朵朵的恶行，我就一句话，有本事你跟她分手啊！他立刻就没动静了。

胡朵朵见我一个人来赴约，三句话不离杨好，实在架不住她追根究底，我说我们分手了，他把我甩了。

胡朵朵听到之后愣了三秒钟，向我缓缓伸出她刚剥完麻辣小龙虾虾壳的爪子，然后捏住了我的下巴，左右打量，说小卷你这不应该是一张被甩的脸啊。

我说："李大 C 看看你女朋友！"

大 C 壮着胆子把胡朵朵的手从我的脸上扒了下来，又问杨好为什么甩我。

我说别提他了，有好资源记得介绍给我。

这顿饭真正的主题是"大 C 和胡朵朵要扯证结婚了"。他说胡朵朵已经接受他的求婚，就等良辰吉日把证领了。

我这心里"咣唧"一声，感觉一颗玻璃心碎成了碴，又要掏份子钱了。我问大 C："这顿饭不会就顶酒席了吧？"

胡朵朵说："那怎么可能呢，我们得回老家大操大办，到时候欢迎你来观礼，不过车马费不管报销。"

吃完饭，大 C 和胡朵朵把我送到小区门口。

我喝了酒，脑子有些迷糊，晃悠着摸进了门厅，半倚在墙上等电梯，结果电梯门一开，吓了我一跳。一个人抱着一团黑乎乎的东西从电梯里走出来。仔细一看，竟然是叶习抱着他那条黑色的拉布拉多。

叶习把狗放在地上，解释说他们家小白怕坐电梯，所以每次下楼都得抱在怀里。

毛色乌黑的一条拉布拉多，它的名字却叫小白。这不禁让我哭笑不得，然而我却想起了他借给我的那件衬衣，立刻解释说忙昏头了，所以忘了带回来。

叶习说："没关系，不着急。"又问我这么晚怎么还不回家？

我说："我这就回去，好巧啊，你住这儿？"

他说："是啊，我住这儿，但我感觉你家可能应该在一单元，这里是二单元，我家。"

那天我怎么从现场逃离的，至今在我脑海里都是一个谜。但我跟叶习就这么认识了，并且像多年的老友一样熟悉亲切。当然这感觉跟大 C 是完全不一样的，大 C 对我来说，是个最佳损友，所以每次胡朵朵虐待他的时候，我都很开心。

我和叶习，大概是因为一开始就见识了彼此的尴尬窘境，所以跳过了那些互相试探和互相猜测的过程，三步并作两步走到彼此面前，把酒言欢。

跟叶习相处很自在，他总能以对方的感受为先，不会因为跟你观点相左就争执得红头涨脸，大概他不是个爱较真的人。我们之间来往频繁，周末的时候如果两个人都有空，就腻在一起看电影。

提起叶习借给我的那件衬衣，叶习说那天早上他站在阳台上看着我在风中艰难前行，立刻做了一个决定，要去英雄救美。为了避免献殷勤的企图太过于明显，临时起意决定抱着小白这个最佳道具下楼，一路上抄近道刚好赶上跟我迎头遇见，再迟一点，我就出了小区了。

我听到他说这些的时候，心里简直乐开花了，这么别出心裁而又别有用心的不期而遇，任谁也不能抵挡啊。多少巧合才造就了一次相遇，哪怕有一丝一毫的差错，结局就改写了呀。这件事至今回想起来都觉得有点儿荡气回肠。

那天叶习跟我表了个白，说："小卷我喜欢你，能做我女朋友吗？"

说这话的时候，我们俩正站在一家咖啡店的阳台上并肩看天空中大朵大朵的白云。

我朝天空指了指："看见那朵像兔子的白云了吗？如果它一会儿追上左边那朵像小马的白云，我就答应你。"

叶习转头说："你把我比喻成兔子？"

我哈哈一乐，其实我真的没这么想。

上周一，我跟项目经理因为工作上的分歧在办公室里差点吵起来，他固执己见地把我的设计思路完全打乱，导致我无法继续工作，只能请假回家休息，捎带调整思路。

一出公司，我就打电话给叶习大吐苦水。结果到家发现他正杵在一单元楼下等我。他说公司不忙，所以请假回来看我。

那一瞬间，我有想哭的冲动，直接扎进他怀里。觉得这真是一场感人的戏，一定要相拥而泣。

叶习说："感动了吗？就是要这样，让自己无时无刻不在渗透进你的生活，最后让你离不开我。"

我说："那你离得开我吗？"

他说："离不开，因为付出的成本太大太大，离开了就血本无归了，想想就觉得心痛，根本不能实施行动。"

我说："好吧，算你有心计，我做你女朋友。"

那天兔子形状的云朵并没有追上小马形状的白云，我说："看来时机未到。"他说："可以等。"我扭头看他的侧脸，他是这样不骄不躁，万事留有余地。

其实我并不想把决定权交给老天，那不过是一句玩笑话。

从前我以为的爱情，是如大火燎原一样，爱过就荒芜，就寸草不生。我想如果我遇到这样一个人，可能就真的跟他结婚了。

但大C说，这样的爱情哪能等到登记结婚那天，你心都荒芜了，说明这段感情也结束了。正在发生着的爱情，就算不热烈，也势必温润。

我想，大 C 说得有道理。

我问叶习："你所期待的爱情是什么样子？"

他说："就是我爱你的时候，你恰好也爱我。不疾不徐，缓缓而行。"

那时 夜半

文 / 姚永涛

1

顾婷婷总觉得这座城是一片森林。

顾婷婷是 2009 年来到成都的，算算也有了那么多年，走了很多地方，但依旧感觉这座城市很陌生。刚考上四川大学的时候总觉得自己能在这里站住脚，能谋一份体面的工作，顾婷婷自认为还是有些姿色的，高挑的身材也不至于扔在人群里看不到。但毕业去了几家公司都是以"资历尚浅"被拒绝。

成都夜晚耀眼的霓虹像是要把所有人都埋在地下，就算你再抬头也看不到城市的上空，你只能看着来去不停的车流从你身边——而过，然后你还是你。

298 路公车是顾婷婷常坐的公车，也是成都为数不多的通宵公车。顾婷婷在天华路的一家公司里上夜班，每天午夜的时候顾婷婷在天华路站台前等 298 路，有时候风会从每个街口灌进来，顾婷婷总是习惯性地裹裹围巾，戴上耳机，不去理会这个城市的任何声音。

298 路每次都能准时来，就算车厢里只有顾婷婷一个人，有的时候 298 路还会直接把她拉到华西坝，中间的站都不停。顾婷婷在华西坝租了一套小房，这套房本来有两室一厅，那个卧室常年没人租，被她用来放杂物，相比起成都其他地方，这房子也能算得上物美价廉了。

今天的 298 路依旧没人，顾婷婷坐在车厢的最后面，看着空荡荡的车厢好像看着一个世界，顾婷婷有时候会想这些座位会是哪种人坐在上面，或者是一对热恋的情侣，或者是一对风烛残年的夫妇，或者是背着许多旅行袋的进城务工的人。

想着想着顾婷婷就想起了家里的父母，毕业了以后就一直待在这里，每次家里打电话来她就说："妈，我在这里过得很好。"刚上大学的时候顾婷婷信誓旦旦地说："爸妈，以后女儿开车带你们来成都旅游，吃最好的火锅。"但是她现在除了自己的生活保障，其他的一无所有。

顾婷婷还记得第一次坐 298 路，看着无人的车厢忍不住大声喊了一句："你们在哪儿？为什么我顾婷婷身边一个人都没有，都没人来陪陪我吗？"那次是顾婷婷去天华路连续应聘了三家公司遭拒，当时神经大条的自己还招来公交司机询问的眼神，像是在说，我今天不会拉了一个神经病吧，她会不会跳车。顾婷婷当时骂道："看什么看，我投诉你调戏女乘客，你工作编号是 2013298087 吧。"

顾婷婷有时候就是这样，总是习惯性地把任何人挡在她的世界之外，只留下一个脆弱的自己，即使自己内心在哭也要笑给其他人看。这些年也有些人追顾婷婷，也不乏有些条件优秀的，而她总是摆着一副臭脸。渐渐地，她的身边真的就剩下了她一个人。

现在顾婷婷倒是习惯了，即使一个人坐公交车，一个人吃饭，一个人睡觉。直到有一天原本平静的一切都被打乱了。那次顾婷婷依旧坐在298路的最后一排，却发现座位上放着一封信，洁白的信封上写着：顾婷婷收。

信纸上只有一句简短的话——有一天，我会来找你。

2

这封恐吓信足足让顾婷婷做了好几天的噩梦。顾婷婷本来下班就晚，回到华西坝的窝里时已经是凌晨1点，小区还亮着灯的房间已经不多，不管是开着灯还是关着灯顾婷婷都睡不着，她只好用被子捂着头不敢看外面。在梦里一个人披着黑色的风衣，肩上扛着一把电锯，坏坏地对她笑着说："我的信你收到了吗？"顾婷婷总觉得那个人会真的来，然后把她装在麻袋里抛到岷江里。

之后在298路公车的同一个位置上又收到了几封信，顾婷婷再也不敢打开看，带回家后用黑色塑料袋把那几封信包了好几层，然后压在抽屉的最里面，又上了一把大锁，才倒在床上睡去。这次在梦中顾婷婷听到了几声敲门声，然后一个声音在问她："你有电锯吗？"

　　顾婷婷猛地一下坐起来，蒙眬中看见一个穿着黑色风衣的人影正在自己的床边，顾婷婷随手拿起一个枕头扔了过去，大声地叫了起来："杀人啦，杀人啦，救命呀。"

　　隐约中听见一个温柔的男声："你好，我是黄文，我不是来杀人的，我是你的新租客，我只是想来借一个电锯，修修那个房间里的坏椅子。"顾婷婷半信半疑地睁开眼睛，此时好像已经到了中午，大片的阳光从窗户中泻进来，前面还真站着一个人，只是为什么他穿着那件黑色风衣？

　　"你不知道敲门的吗？"

　　"敲过了，没人应。"

　　"那你就能随便进一个女孩子的房间吗？"

　　"我只是不知道女孩子可以睡到中午 12 点……"

　　许是顾婷婷惊天撼地的喊叫招来了房东，房东解释说客厅的门是他打开的，而顾婷婷的房间是她自己认为这套房里就她一个人便没有上锁，就这样招进了黄文。虽然不完全是黄文的错，但是顾婷婷依旧不高兴。首先是这屋里多了一个男人她会很不方便，其次本来堆放在那个屋子的杂物她还得搬回来，但这也不是她的房子，她也没有办法做主。

　　唯一值得顾婷婷庆幸的是黄文没有叫她把那些杂物搬回来，还顺带把那些本来废弃的桌桌椅椅修了起来，然后买了一些沙发垫、沙发套，装成了一个看似很豪华的沙发放在客厅里。顾婷婷下班的时候，黄文招呼她坐下："来，试试。"顾婷婷狐疑地看了看黄文说："你是木匠吗？"黄文尴尬地摇了摇头说："不是不是，会一点点。"

其实抛开第一次见面的那事儿，黄文还是蛮好的。顾婷婷在睡觉的时候黄文绝对不会来打扰，即使是电脑的声音也会调得很低；客厅的地面也会被黄文扫得干干净净，还会在茶几上放一些新鲜的水果和一些女孩子喜欢吃的零食；黄文还会主动支付本是两个人的水电费，也不会随便带着外人进来。

3

在顾婷婷和黄文相识一个月后，顾婷婷突然对黄文说："今天晚上你能去天华路接我下班吗？"黄文保持着咬苹果的嘴形愣了好久没有缓过来，顾婷婷接着说："不是你想的那样，我，我怕。"

这些日子顾婷婷断断续续又收到了十九封信，锁信的抽屉已经渐渐满了，顾婷婷总觉得那些信总有一天会从抽屉里溢出来，然后一封封展开放在她眼前，她真的害怕了。顾婷婷还有个想法，她总感觉那些信是黄文写的，虽然很荒谬，但黄文的样子又和她梦境中那么相像，她想试试黄文。

虽然感觉很意外，但黄文还是很快答应了。

顾婷婷下班后赶到天华路站台时，黄文早就在拿着相机等她，并示意她别动。照片中街道两旁的路灯显得特别明亮，有风轻轻地撩动着顾婷婷的头发，清澈如湖的眼眸在车流中牵引着这个城市的每个角落，好像这个城市为她而生。

顾婷婷走过来拍了拍黄文的胳膊说："你干吗？不就是叫你来接下我吗，要不要整得跟摄影师一样。"黄文拉着顾婷婷来看相机里的照片，顾婷婷也忘了自己有多久没有好好地看过自己了，每天总是匆匆地洗漱然后上班，这照片里的是自己吗？怎么感觉从来没有见过的样子。

黄文说："你看，你还挺漂亮的。"顾婷婷抬起头就看到黄文温柔得像一汪湖水的眼睛，自己的眼睛也被感染到，变得蒙眬。顾婷婷说："黄文，你下次出现在我梦里的时候不要穿着这件黑色风衣，好不好？"说完后，顾婷婷的泪珠就不停地往下掉。黄文估计是被顾婷婷突然的眼泪吓坏了，赶紧脱了风衣扔进垃圾桶里，只穿着白色毛衣对顾婷婷说："好了好了，我以后都不穿了。"

顾婷婷被黄文的举动逗得破涕而笑，完全忘了298路公交车已经等了他们很长时间。几声催促的喇叭声后，他们才上了车，车内依旧没人，车厢最后一排的座位上也出乎意料地没有那扎眼的白色信封了。

黄文安静地坐在顾婷婷旁边的座位上，顾婷婷却靠在黄文的肩头上睡着了，梦里还不停地喃喃地说："那个人就是你吗？你不是在恐吓我吗？你是真的来找我了吗？"许是很久没有好好睡上一觉了，顾婷婷睡得特别踏实，她又做梦了，梦中那个人没有拿着电锯，没有穿黑色风衣，他穿着白色毛衣拿着相机对顾婷婷说："我带你走吧。"

298 路公车到了华西坝，顾婷婷还没醒来。看着顾婷婷睡觉时安详的模样，黄文示意司机不要停下，让她多睡会儿。从起点到终点，又从终点到起点。顾婷婷醒来时已经是清晨，街道上的落叶已经被扫得干干净净，清新的空气带走了人们留在体内的浑浊，这座城市又重新苏醒过来。

顾婷婷看着黄文一脸疲惫有些不忍心，咬了咬嘴唇说："一会儿你到我房里来。"黄文站在顾婷婷的房间里不知所措，总感觉气氛有些怪异。顾婷婷把门轻轻关上，对黄文说："坐到我床边上吧。"顾婷婷的床很软，棉茸茸的被子散发出好闻的味道。顾婷婷揽过黄文的胳膊说："昨天让我枕了一晚上，是不是麻木了？"顾婷婷用纤细白皙的手指轻轻地一遍一遍地按着黄文的肩头。顾婷婷的力道控制得很好，黄文本来已经麻木的臂膀又重新能活动起来。

顾婷婷说："怎么你身上那么热？"黄文说："是吗？估计是有点感冒了吧。"顾婷婷突然想到黄文昨晚扔的那件风衣，只穿着一件毛衣跑了一晚上肯定会感冒的。顾婷婷问："那你感觉冷吗？"黄文说："有一点。"

顾婷婷紧紧地抱着黄文，说："黄文，我们在一起吧……"

4

总有一天，我们所爱的人、我们所等待的人、我们所梦到过的人会以各种我们猜想不到的方式与我们相遇，我们总是想让这场似长又似短的梦一直留在生命里，就算以后我们再次平淡地过着，我们也期许着它会在我们脑海里再来一次。

之后的两个月里，黄文和顾婷婷走遍了成都所有的美景，而黄文把顾婷婷最美的样子都留在相机中。

黄文把给顾婷婷照的照片一张张洗了出来，排列有序地挂在客厅的墙上，顾婷婷在照片中变成了一朵艳丽的花，开在成都这座城市的上空。他们相拥在沙发上像是在看一场电影一样看着这些照片，黄文用手拨动着顾婷婷撩在脸颊上的头发缓缓地说："你看，我把你留在成都了，之后，我还会把你留在各种地方。"

顾婷婷看着黄文问："你说，今年成都会下雪吗？"

黄文说："你想看雪？过几天我带你去北海道吧。"

顾婷婷说："你要离开成都吗？"

黄文说："嗯，过几天我就要走了，我是一个旅游杂志的首席摄影师，这次成都的案子做得差不多了，下个地点就是北海道。"

顾婷婷突然推开黄文说："那我也算是你的工作吗，是不是你每到一个城市都会遇到我这样的女人，然后你给她们拍照片骗她们和你在一起？"

黄文说："婷婷，我承认我以前是遇到过类似的事，但是这次来成都遇到你是上天赐给我的一次最美好的意外，跟我一起走好吗？"

顾婷婷看着黄文不再说话，把墙上的照片一张张撕下来，用力地揉成纸团然后重重地打在黄文的脸上。她感觉黄文变了，不再是她梦里的黄文，黄文所说的一切都是客套话，而这些话他依旧还可以对另一个女人说。

黄文说完"顾婷婷，你永远都是这样的一个人"后摔门而去。

顾婷婷把自己关在房间里用脚狠狠地踢着书桌，锁了很久的那些信又从抽屉中掉了出来，一封封地砸在她身上，像是要把她埋起来一样。

顾婷婷把信一封封地扔到垃圾桶，扔着扔着便躺在地上哭了起来。自己到底是什么样的一个人，偏执到自以为是还是幼稚到无理取闹？她只是想有一个人一直陪在她身边，不管她做什么，他都会在那里。

隔天，顾婷婷在门缝里发现了一张机票，是黄文送来的，上面只简单地写着：晚上 12 点的班机，我只等你到 11 点。

5

顾婷婷退了房子，给老板打电话辞了工作，收拾了两包行李，想了想，在走之前去了一趟医院。走时房东说："闺女，回家过年呀，出来这么久应该回去看看，你看这房子我还要给你留着吗？"顾婷婷笑着摇摇头说："不用了，明年我不来成都了。"

顾婷婷打了一辆去机场的出租车，走到天华路时又下了车。她站在天华路的站牌前想了好久还是没有去机场，或者是这么些年早已习惯坐298路公车，而好像只有298路才可以把她带到她应该去的终点。

298路公车上依旧只有顾婷婷一个人，而黄文怕是已经上飞机了吧。这次顾婷婷想坐到终点站，火车北站，她突然想起走时房东说的话，她想回家看看。

298路上的广播放的是戴佩妮的《怎样》，一个安静的声音弥漫在车厢中的各个角落："我这里天快要亮了，那里呢……我把照片也收起了，而那你呢。"

当公车到了华西坝站的时候，广播突然又响了起来。一个女声清脆地说："各位乘客，大家好，现在是夜半12点整，这里是298路动车组特别播报时间，今天我们给大家讲一个故事。我们车组有一个编号尾数为087的司机，喜欢上一个女孩，那个女孩经常在12点整的时候乘坐我们的298路公车，他每天都计算好时间，准时在天华路公交站台等着女孩，然后拉着她一个人去华西坝。他意外中听到那个女孩叫顾婷婷，然后他在女孩上车之前总是在她座位旁边放一封信，在信封上写着：顾婷婷收。他希望有一天可以走进女孩的生活，不让她那么孤单。直到有一天女孩的身边出现一个很爱她的男孩，那个男孩可以陪女孩坐一晚上的公车。他认为女孩找到了她的幸福，他在昨天已经离职，去别的城市寻找新的生活。他希望他一直陪伴的女孩可以一直幸福下去……"

顾婷婷的眼泪流过脸颊滴在她手中的验孕单上，她突然想起来在扔那些信封时，恍惚地看到每个信封的右下角都写着一串数字：2013298087。

女胖子的爱情

文 / 张志莉

　　当今世道，女吃货有两种，第一种，魔鬼身材，经常会在社交网络上发张漂亮的自拍，然后附文字说明——哎呀最近又吃胖了！脸都大了呢！明天开始减肥！吃货的人生好纠结！

　　第二种，从来不说自己是吃货，只是在午饭时默默地吃掉一大盘盖饭加一个煎饼加一盒酸奶。当然，沉默着吃，也沉默着胖。

　　夏夏一直都是后者。所以她一直都是个胖姑娘，从小胖到大。

　　上高中的时候，每次只要老师上课讲到什么和胖啊减肥啊有关的话题，夏夏周围的那些男生都一定会拿笔戳一下夏夏："喂喂，胖子，你好好听听。"

　　夏夏很少买衣服，因为她知道穿在模特身上那么多姿多彩的漂亮衣服只要绷在她身上就会立刻失去衣服本身所有的魅力，她觉得自己就像一个圆桶，套上什么都不会好看的。

　　每次要换季的时候买衣服，夏夏从来都不看样式，进门以后问导购小姐的第一句话一定是，有我能穿的衣服吗？通常导购都会从上到下打量一番夏夏，露出一个不好意思的笑容，"没有"。然后夏夏会以最快的速度转身出去。

不过夏夏后来经常只去一家店买，因为那家店的衣服总是会有一件超大号的一直挂到换季打折也卖不出去。夏夏有一次走进那家店，导购小姐们一看见夏夏就喜笑颜开，立刻开始热情地跟夏夏介绍店里的那些大号特惠款，所以后来夏夏买衣服基本也就只在那一家店里买了，又便宜又合适。

从小到大，夏夏一直是班里最胖的，宿舍里最胖的。上大学之前，夏夏拼命减肥，就是为了到大学以后自己能够不是班上最胖的女生，可是开学一看，偏偏班里的女生一个个都瘦得跟竹竿似的。夏夏又默默地担当了班里最胖女生的角色。

夏夏和朋友们出去玩儿的时候，她总是喜欢充当那个给他们拍照的人，她觉得自己胖，拍出来也不好看，而且跟那么瘦的他们站在一起，会越发显得自己胖，所以夏夏很少拍照。

夏夏看起来对每个人脾气都很好，有人拿她的胖开玩笑的时候，她从来都露出一个宽宏大量的笑，好像自己真的不在乎一样。

夏夏和男朋友异地恋两年了。夏夏的男朋友是个特别普通的男生，身高一米七过一点儿，黑瘦，眼睛小，沉默寡言。夏夏之所以跟他在一起，就是因为夏夏觉得他是第一个对自己好的男生，他从来都不说她胖。他愿意给夏夏讲题，他是夏夏的初恋，夏夏一心一意地爱他。

　　不过，无论是情人节、圣诞节甚至是夏夏的生日，他几乎没给夏夏买过任何礼物，每次跟夏夏一起出去吃饭，他也总是拣最便宜的吃，很多次夏夏看着同宿舍的其他姑娘收到玫瑰花、巧克力，听她们说男朋友又带自己吃什么好吃的了、去哪儿玩儿了，夏夏都安慰自己说，他家境不好，我理解。

　　当然分手以后，夏夏才知道，虽然他嘴上从没说过，但是他心里比谁都嫌弃自己胖。

　　夏夏其实一直在减肥，夏夏曾经试过很多种减肥方法，比如，夏夏曾经坚持一个月不吃晚饭加早起跑步，可是最后反而胖了五斤。比如，夏夏试过苹果减肥法，每天只吃三个苹果，刚开始几天体重确实掉了，结果后来只要稍微吃点儿东西，体重立马就反弹回来；再比如，夏夏还狠下心吃过减肥药，可是貌似对所有人都管用的减肥药，到了夏夏这里，偏偏就失效了。

　　后来，不知道为什么，夏夏得了一种女人才会得的病。去医院的那天，正好是中秋节。夏夏一个人去的。妇产科，很多男人坐在走廊里等他们的女人，夏夏红着脸，犹豫了好久，最后还是咬咬牙进去了。

　　晚上，夏夏在微信上告诉了男朋友自己今天去医院的事儿，说完以后，他回，我知道了，你自己注意身体啊。对了，下个月你别来找我了，我们学校有活动，我晚上不能不回学校。

　　夏夏抬起头看到窗外的天空升起很多孔明灯，她一个人去了体育场，也为他放了一盏孔明灯。旁边有很多情侣，他们的孔明灯里寄托的全都是地久天长，夏夏一个人看着那盏灯缓缓上天，耳边都是欢声笑语。她在心里说，再见了，我愚昧而认真的初恋。

那天晚上，夏夏在被窝里哭了一夜，想了很多事。

她想起自己坐了三十个小时的硬座去找他的时候，他都没来接她。第一次独自出远门的路痴夏夏，站在陌生的城市街头无助又恐惧地哭了三个小时。后来他终于来了，带着夏夏去了他订的宾馆，那儿离他学校很远，那几天他一次都没带夏夏去过他们学校。每次跟夏夏一起出门，他也从来不牵夏夏的手，看起来完全就像是朋友在走路。大概是为了确保不会被任何人知道他有夏夏这样的女朋友吧。

而他来找夏夏的时候，晚上10点到，那天晚上狂风暴雨电闪雷鸣，夏夏穿着裙子提前一个小时就到了火车站，生怕他出来的时候第一眼看不见她，手里还拎着给他买的青椒肉丝盖饭，一层一层地用塑料袋包着。

接到他以后，第二天夏夏就兴高采烈地叫了全宿舍的人一起去吃饭，跟大家介绍他。后来几乎带他参观了学校的每个角落。

她想起有一次情人节，那天夏夏要送他去学校，他们早上从宾馆出来，路边有卖玫瑰花的，夏夏多想要一束玫瑰啊，她长这么大还没收到过玫瑰花，可是他目不斜视，就像完全不知道那天是情人节一样。

她想起每次给他打电话他都不接，他去教室从来不带手机。网上有个段子说，男生给女生打了二十几个未接以后，女生会很满足，而女生给男生打了二十几个未接以后，男生的第一反应是完了。

夏夏看到这个段子的时候冷笑了一声，有一回晚上已经很晚了，他也没回夏夏的QQ，夏夏担心他，着急得跟什么似的，给他打了二十几个电话，而他看到二十几个未接以后，都没给夏夏打过来，第二十一次夏夏打通了，他连一句解释都没有，只要夏夏发脾气，他就极度不耐烦，说夏夏你能不能脾气好点儿，你给我打这么多电话干吗，又没什么正经事，你无聊不。

夏夏还想了很多，越想越伤心，眼泪几乎没停过。第二天，夏夏就提出了分手。

夏夏发给他的最后一条短信："我知道你嫌我胖，我也努力了好久，可是真的减不下来，我真的没办法。其实我知道你不爱我，可是我还是骗了自己两年。我以前总是想，我会瘦下来的，等我瘦下来，你就会好好爱我了。可是现在我想放弃了。我不想再等自己瘦下来了，也不想再等你好好爱我了。我想，总会有个人，不嫌我胖。祝你幸福吧，以后找个瘦的姑娘，好好对人家，记得过节的时候给她买礼物，记得把她介绍给你的朋友家人。"

他回："嗯，好，祝你幸福。"

夏夏冷笑了一声，删了他的联系方式。

他是双子座。夏夏决定，以后永远不要再跟双子座的男生谈恋爱。

后来，夏夏遇到一个胖子，双子座的胖子。

第一次聊天的时候，他就跟夏夏说，姑娘你长这么胖，我可不跟你说话。夏夏开始跟他吵。再后来，聊微信。

夏夏跟他说自己长得天生丽质，他说，来来来，姑娘你告诉我，到底是谁给你的自信！你也就长得天生励志好吗！

他发给夏夏一张打了马赛克的照片，夏夏问他为什么给脸打马赛克，他说，太帅。

还有很多很多次，夏夏被他逗得乐坏了。跟他聊天的时候，夏夏的搞笑潜质被完全发掘了出来。他每天都会给夏夏发很多条微信，要么问她中午吃了什么，吃饱了吗，今天心情好吗，要么就是一条搞笑的段子或者一个好玩儿的动态图，总之夏夏的微信经常会响起，夏夏第一次觉得有人是真的惦记自己，关心自己的喜怒哀乐。

他说："夏夏，我跟我前女友就是异地恋，跟她分手以后，我决定以后再也不要谈异地恋。"

夏夏说："我前男友是双子座，跟他分手以后，我决定以后再也不要跟双子座的男生谈恋爱。"

可是，爱情这种事儿，谁能挡得住。

一天晚上，他们聊到凌晨。胖子说："夏夏，我喜欢你，你做我女朋友好不好？"

夏夏说："胖子，我得过一种女人才会得的病。虽然现在治好了，但是这种病容易复发。如果你连这个都不介意，我们就在一起吧。"

他说："夏夏，不怕，咱多注意身体，以后万一要是复发了我带你去医院。"

他说："你知道吗，我觉得自己舍不得让你受一丁点儿苦，或者委屈，我想保护你。把你护在我身后，让所有人都伤害不到你，让你永远像个小屁孩一样想吃什么就吃什么。"

那天晚上，夏夏决定跟他在一起了。

当时刚好是凌晨，胖子一听夏夏同意了，就立刻给夏夏打过来电话，他叫了好多声媳妇儿，说了好几次我爱你，声音温柔到把夏夏的心完全融化了。

夏夏在被窝里幸福到哭。

他第一次来找夏夏的那天，就捧着一大束火红的玫瑰花，那天不是情人节，所以他从出站口出来的时候，很多人都看他，夏夏一边埋怨他傻，一边在心里感动到不行。

在一起一周以后，他牵着夏夏的手带她去见了他所有的兄弟。一个月以后，他带夏夏回家吃饭。夏夏喜欢笑，他妈妈很喜欢夏夏。

夏夏说，跟他在一起以后，她第一次觉得自己真的是在谈恋爱。她第一次知道，被男人疼爱是一种什么体验。胖子没什么钱，但是跟夏夏在一起的时候恨不得每顿都带她吃好的。胖子说，我在学校省点儿就行，可不能委屈我的女朋友。每逢节日的时候，夏夏终于也能像其他女生一样，收到礼物。夏夏给他打电话的时候，也终于每一次都能打通。夏夏终于也被允许发脾气，终于像一个正常的恋爱中的女孩子一样了。

她生平第一次，不再因为胖而自卑，因为她有很爱她的男人。

如今，这俩胖子一起攒钱去各地旅游，一起去吃各地美食，一起在家里养花喂鱼，一起跑步，一起计划将来，当然也一起吵架。

聚散都是缘分。

如果爱，就珍惜当下，不问将来。誓言这种东西，不该强求。

如果不爱，就分开吧。伤害总比敷衍要强。君子绝交不出恶言，从此以后祝福对方遇到更合适的人。

受过的委屈都忘记，恩爱都珍藏。

图书在版编目（CIP）数据

总有那么一刻，你放不下一个人／老丑等著 . — 北京：
民主与建设出版社，2016.4

ISBN 978-7-5139-1051-4

Ⅰ．①总⋯ Ⅱ．①老⋯ Ⅲ．①散文集－中国－当代
Ⅳ．① I267

中国版本图书馆 CIP 数据核字（2016）第 063424 号

总有那么一刻，你放不下一个人
ZONGYOU NAME YIKE NI FANGBUXIA YIGEREN

出 版 人	许久文
作 者	老丑等
责任编辑	韩增标　郎培培
装帧设计	繁体字设计工作室
出版发行	民主与建设出版社有限责任公司
电 话	（010）59417747　59419778
社 址	北京市朝阳区阜通东大街融科望京中心 B 座 601 室
邮 编	100102
印 刷	北京鹏润伟业印刷有限公司
版 次	2016 年 5 月第 1 版　2016 年 5 月第 1 次印刷
开 本	880mm×1230mm　1/32
印 张	7.5
字 数	150 千字
书 号	ISBN 978-7-5139-1051-4
定 价	35.00 元

注：如有印、装质量问题，请与出版社联系。